식민지 조선의 음악계

이 저서는 2007년 정부(교육과학기술부)의 재원으로 한국연구재단의 지원을 받아
수행된 연구임(NRF-2007-362-A00019).

식민지
조선의
음악계

양지영 편역

역락

머리말

1920년대 문화정치가 시작되면서 식민지 조선에서도 여러 가지 형태의 문화 활동이 가능해진다. 다양한 잡지의 편찬을 시작으로 미술계와 음악계에서는 전람회나 음악회를 통해 회화나 음악이 좀 더 대중에게 접근하기 쉬운 형태로 소개되었다. 특히 조선의 서양음악 수용은 군대음악이나 기독교음악에서 시작되는데, 1906년 이전부터 이미 미션스쿨이나 민족계 사립학교에서는 신교육의 하나로 창가교육을 실시하고 있었다. 그러다 1920년대가 되면서 학교 창가, 동요, 예술가곡, 유행가(대중음악) 등 점차 세분화된 장르별로 음악이 성립하게 된다. 또한 이와 더불어 자선 음악회, 가정 음악회, 서양 음악회 등 다양한 형태의 음악회가 봇물처럼 쏟아진다. 이러한 조선의 음악계에서는 조선인 음악가뿐만 아니라 서양인과 일본인 음악가 그리고 조선인과 일본인 청중이 상호작용하면서 음악문화를 형성한다.

이 책은 조선에서 발간된 재조일본인잡지 『조선 및 만주』와 『조선공론』을 검토하여 조선·일본·서양 음악과 관련된 글을 발췌해서 번역한 자료집이다. 자료는 식민지 조선에서 대중적으로 음악문화가 형성되고 있던 1920년대부터 30년대 중반까지로 한정지었다. 30년대 후반으로 이어지면 '국민'과 '향토'에 대한 관심이 높아지면서 음악계에서도 이전과는 다른 양상을 띠게 되는데, 이 책에서 소개하지 못한 30년대부터 40년대 자료는 이후 간행을 고려하고 있다.

이 책에서는 발췌한 자료를 연대별이 아닌 내용으로 분류하여 제1장 음악으로 읽는 식민지 풍경, 제2장 민요와 가요곡, 제3장 서양음악에 대한 이해로 나눠 3장으로 구성하였다. 1장에서는 음악계를 통해 보는 사회상뿐만이 아니라 그 속에서 생활하는 조선인과 일본인의 모습을 그려볼 수 있을 것이다. 그리고 현재 우리가 명확하게 구분하여 사용하는 민요와 가요가 당시에는 아직 장르 구분이 불분명한 상태였는데, 2장에서는 민요와 가요가 어떤 형태로 고찰·기술되면서 서로 다른 장르로 성립할 수 있었는지, 그 과정과 관련된 글을 소개하여 가장 대중적(혹은 민중적)인 음악 장르가 성립하는 시대적인 위치를 살펴볼 수 있을 것이다. 마지막으로 3장에서는 조선에 수용된 서양음악이 가정과 생활, 영화 등 사회문화 문맥 속에서 다양한 형태로 유용되는 양상과 관련된 글을 소개한다. 이러한 구성은 식민지기 조선 음악계를 보다 유기적으로 이해하는 데에 도움을 줄 것이라고 생각한다.

식민지기 음악계에 대한 연구는 미술계 연구에 비해 다소 부족하기는 하지만 서양음악의 수용과 변용, 조선에서 활동한 일본인 음악가들, 민요에 관한 선행연구 등을 찾아 볼 수 있다. 당시 학교에서 근무하는 음악교사나 강사는 대부분 일본인 음악가였고 이들은 '조선인들을 위한 음악교육'과 '재조일본인들을 위한 음악교육'을 했다. 그리고 음악교원으로 활동하던 대부분의 사람들은 총독부의 촉탁교원이었는데, 그 대표적인 인물이 이시카와 요시카즈(石川義一)다. 이 책에서는 이시카와의 글을 세 편 소개하고 있는데, 이러한 글을 통해 당시 조선에서 활동한 일본 음악가의 모습을 좀 더 구체적으로 그려볼 수 있을 것이다.

앞서 언급했듯이 식민지 조선 음악계에 대한 연구는 아직 많이 미흡한 상태이다. 이 책의 자료를 번역하면서 새삼 조선에서 음악을 체계화하는 데에는 미술계보다 더 큰 식민자의 권력이 작용하였음을 알았고, 음악계 연구에 있어 이러한 불편한 사실은 피할 수가 없음을 느꼈다. 특히 재조일본인의 활동과 조선 음악계와의 관련은 음악문화의 형성에 중요한 역할을 한 만큼 더 많은 연구가 필요하다는 생각이 들었다. 이 책이 이러한 식민지의 이분법적 경계를 월경하여 조선과 음악 그리고 재조일본인 연구를 유기적으로 연결하는 데에 조금이라도 도움이 될 수 있기를 바란다.

박사논문 이후 처음 출간하는 이 자료 번역서가 한 권의 책으로 나올 수 있었던 것은 보이지 않는 곳에서 격려해주고 용기를 준 고려대학교 글로벌일본연구원 엄인경 선생님과 김계자 선생님 덕분이다. 바쁜 와중에도 음으로 양으로 신경을 써 주셔서 감사할 따름이다. 또한 연구의 영역을 확장시키지 못한 채 야나기 무네요시의 주변만을 맴돌며 연구자로서의 한계에 부딪혀 고민하던 중에 재조일본인 잡지의 자료번역이라는 총서 기획에 참여할 수 있는 기회를 주신 고려대학교 정병호 교수님께도 이 자리를 빌려 감사의 말씀을 드린다. 그리고 빡빡한 일정 속에서 편집으로 수고해주신 도서출판 역락 관계자 분들에게도 감사를 전하고 싶다.

나에게 있어 이번 <제국과 식민지 문화지형 시리즈> 총서기획은 식민지기 음악계 연구의 첫 단추로 새로운 연구의 돌파구를 모색할 수 있는 계기가 되어 무엇보다도 큰 수확이었다. 이 수확이 더 좋은 결실로 이어질 수 있기를 기대해 본다.

2015년 6월
양지영

차 례

3부 서양음악에 대한 이해

1부

●

음악으로 읽는
식민지 풍경

음악으로 본 내선관계

다나베 히사오(田邊尙雄)[1]

이왕가에는 오래전부터 아주 훌륭하고 큰 규모의 음악이 전래되어 보존되고 있다. 그중에는 수천 년 전 지나(支那)[2]의 정악도 옛 모습 그대로의 형태로 전해진다. 그러나 지나에서는 훨씬 이전에 사라져버렸고 이런 의미에서 보더라도 이왕가음악을 아주 귀하게 여겨야 할 것이다. 이 음악이 또한 수백 년 전 일본내지에도 전래되어 나라(奈良)왕조와 헤이안(平安)왕조 음악의 기초를 이루고

---

1) 다나베 히사오(田邊尙雄)(1883.8.16-1894.3.5) : 일본의 음악학자, 문화공로자, 일본에서 처음으로 동양음악 개설을 정리했다

2) 지나(支那) : 현재의 중국 또는 그 일부지역에 대해 사용되었던 지리적 호칭으로 당시의 호칭을 그대로 사용한다.

오늘날 그것이 궁내성에 소중하게 보존되어있는 아악이 되었다. 이 아악은 우리나라에 전래된 후부터 다소 변형되어 소규모의 형태를 이루게 된다. 예를 들면 조선에서는 5명이 춤을 추는데 내지에서는 2명이 춤을 춘다. 또한 조선에서 몇 년 전까지는 64명이 추던 춤이 현재는 36명으로 줄었는데 내지에서는 겨우 4명이 춤을 추는 형태로 변하였다. 또한 내지는 악기 수와 종류 등도 상당히 적다. 즉 이왕가에 지금까지 전래된 고악은 궁내성에 보존되어 있는 아악의 원형이라고 할 수 있는 것이다.

이처럼 동양음악의 유일한 고악(古樂)이라는 점이나 내지 아악의 원형이라는 점만 봐도 이왕가음악의 고악은 귀중한 음악인데 실로 유감스러운 일은 수천 년간 이어져온 흥망성쇠의 난관을 견뎌 겨우 오늘날까지 전래되었음에도 불구하고 지금은 존망의 위기에 처해있다는 것이다.

원래 음악이라는 것은 미술이나 또 다른 종류의 예술과는 달라서 한번 끊어지면 세상에서 영원히 소멸되어 버린다. 이런 생각을 하면 정말 소름이 돋는 것 같다. 현재의 이왕가는 고악을 유지하고 보존해갈 여유가 없다. 그래서 악인(樂人)들이 해산할 위기에 처했었는데 이왕직 중 뜻있는 사람이 이를 몹시 개탄하여 보호해야 할 의무감을 느껴 다이쇼 6년(1917년) 궁내성에 자문을 구했다.

하지만 궁내성의 아악도 유지가 곤란한 상태였기에 이 상담을 들어주지 못했는데, 나중에 내가 궁내성 아악소 강사로 초빙되면서 우에사네 미쓰(上眞行)[3] 씨에게 이 귀중한 이왕가 고악의 현실을 듣고 보존해야 할 필요성을 통감한 것이다. 그래서 궁내성의 담당자에게 몇 차례에 걸쳐 보존의 필요성에 대해 역설하다가 우연히 궁내성 아악의 상태를 목격한 차에 이왕가 고악의 음률 등도 참고하기 위해 연구하고 싶다는 생각이 들어 조선을 방문했다.

이번에 이왕직과 총독부 담당자의 동정과 지원으로 현장의 조사와 연구가 가능했던 점은 진심으로 감사하다. 그리고 현장을 보니 이야기로 들은 바 이상으로 딱한 처지에 있어서 더욱 동정하지 않을 수가 없었다. 이후 이왕직 담당자의 전면적인 배려로 젊은 음악생도 아홉 명을 모집하여 연습시켜 겨우 명맥을 유지하려 하고 있는데 여기에 아악사(雅樂師)를 더하면 십여 명이 된다. 또한 이외에도 약 오십 명 정도의 아악수(雅樂手)가 있다. 이들은 약 60세 이상의 노인으로 매년 서너 명 정도는 죽는다고 한다. 하지만 머릿수만 늘려놓고 제대로 된 대우를 하지 않으면 기술 또한 늘지 않는다. 최근까지 전해져온 악무 중에 가장 빨리 사라진 것이 몇 개 있는데 이는 실로 통탄할 일이다. 나는 이후 이를 조사하여 보

---

3) 우에사네 미쓰(上眞行)(1851.7.2-1937.12.28) : 아악가, 소학창가집 편집에 종사. 창가 <1월 1일>의 작곡자.

존하는데 주력할 것이다.

다음으로 음악을 통한 내선관계에 대해 조사연구한 점을 몇 가지 언급하려고 한다. 그전에 음악의 목적에 대해 잠시 이야기 하고 싶다. 원래 우리나라에서는 음악을 오락이라든지 위안의 대상이라고 오해하고 있었다. 이것은 딱히 나쁜 의미는 아니다. 즉 인간의 여유를 방임해 두면 소인하거(小人閑居)라고 소인이 한가하면 나쁜 짓을 하게 되니 자연히 비천하고 비열한 방면으로 향하는 것은 당연한 일이다. 그것을 선량한 방면으로 이끄는 것이 음악 또는 예술이 가진 큰 효과이다. 따라서 오락 또는 위안이라는 쪽에서 보면 음악은 여유가 있는 사람이 그 여유에 관심을 두기 위해 필요한 수단이라고 할 수 있다. 이것은 음악을 좋은 방면의 의미로 해석하는 것인데 이것을 나쁜 방면으로 보면 음악은 지나치게 인격을 추락시키는 경우도 많다. 그래서 오락 또는 위안을 목적으로 선량한 음악을 선택하는 일도 중요하다. 그러나 이 방면만을 보면 음악은 여유가 많은 한량이나 즐기는 것으로 일상생활에 쫓기는 바쁜 사람에게는 별로 필요가 없다는 논리가 된다. 아마도 종래에는 이러한 식으로 생각해 왔는지 모르겠으나 근래에는 이와 다르게 보고 있다. 최근에 들은 이와 관련된 재미있는 일화가 있다.

2월 말 경이었다. 도쿄의 어떤 사립중학교 학생이 아사쿠사 (淺草) 근처의 싸구려 가극을 너무나 자주 보러 가서 학교에서 가극 보러 가는 일을 금지했다. 그런데 이 학생은 학생들과 연합하여 다음과 같은 취지의 반박문을 학교에 냈다. 즉 "우리 청년들이 음악을 요구하는 것은 오락도 아닐뿐더러 위안을 위해서도 아니다. 정신상 가장 필요한 자양분으로 취하고 있기 때문이다. 음식을 주지 않아 굶어죽을 처지에 있는 경우에 어쩔 수 없이 금지된 과자를 먹었다고 혼낸다면 왜 생활에 필요한 음식을 주지 않는가? 학교에서 적당한 음악을 부여하지 않아서 정신적으로 아사 직전에 놓여있기 때문에 어쩔 수 없이 천하다는 걸 알면서도 아사쿠사의 가극을 보러 가는 것이다.

와 같은 내용의 글을 올린 것이다. 이 글은 진실로 교육자 된 입장으로 차분히 생각해 봐야 할 점이라고 생각한다.

19세기 문명은 모두 이성적인 문명이었다. 오늘날의 세상은 진보된 과학적 지식을 얻지 못하면 열등한 사람으로 취급되어 생존경쟁에서 밀려난다. 이렇게 너무나 슬픈 이성적 교육을 받고 있는 이상 반드시 이에 따르는 감정교육도 필요하다. 이성과 감정이 둘 다 평균선을 유지하면 비로소 훌륭한 인격이 생겨나는 것이다. 그 중 어느 하나에만이 치우치면 장애를 가진 사회가 되는 일은 당연한 이치이다.

음악에는 두 개의 측면이 있다. 하나는 예를 들면 <기다유우(義

太夫節)의 준말)>나 <나니와부시(浪花節)>와 같이 가사가 가진 문구의 의미를 음악의 힘으로 소생시켜 표현하는 것이다. 이에 주안점을 둔 것을 가령 형식 음악이라고 한다면, 음악에는 이러한 내용과 형식의 두 가지 측면이 있다. 원래 둘 다 효과가 있다. 그러나 그 효과라는 것을 넓은 의미에서 보면 서로의 뜻이 다르다. 예를 들면 기다유우에 기술된 의리와 인정과 같은 이야기는 당시의 생활과 상황에 한해서만 주관적인 관점으로 적당히 즐길 수 있는 것으로, 그러한 상황이 아니면 단순히 객관적인 의미를 가지게 되어 한 조각의 동정으로 끝나버린다. 따라서 내용이 주는 효과는 그다지 크지 않다. 또한 나니와부시의 충신의사에서 보이는 복수의 조건은 오늘날과는 전혀 다르다. 가령 그 조건이 오늘날의 생활과 일치한다고 해도 같은 경우의 상황이 아니면 감화가 아닌 객관적인 동정으로 끝날 뿐이다. 따라서 그 이야기를 듣고 감동은 할 수 있어도 효과는 그다지 크지 않다. 따라서 음악이 형식에 중대한 효과를 미친다는 점은 의심할 수 없는 부분이다.

게다가 하나의 비유를 들어 이야기해보면 갑자기 복통을 일으켰을 때 위산이라도 마시면 일시적으로 복통을 멈출 수 있는 경우도 있지만, 진정한 건강을 얻기 위해서는 평소부터 좋은 공기 속에서 지내고 적당한 운동을 해야만 한다. 음악의 내용이 인격에 미치는 효과는 마치 위통에 대한 위산과 같은 것으로 대부분은 일시적인 효과에 지나지 않는다. 이에 반해 음악의 형식이 끼치는 효과는 좋은 공기와 마찬가지로 평소부터 선량한 형식에 접해 있으면 자연스럽게 선량한 인격이 생겨나는 것이다. 이런 의미에서 옛 성인의 음악은 대부분 선량한 형식의 음악이었다고 하는 점에서 큰 의미를 가진다.

일본 고대에서 야마토민족이 가지고 있던 음악의 형태는 조선 특유의 오래된 악기와 상당히 비슷하다. 이 점은 지나와는 크게 다르지만 야마토민족과 조선민족이 거의 비슷한 계통임을 음악 역사를 통해 관찰할 수 있다. 게다가 야마토민족의 시조인 아마테라스 오오가미(天照大神)의 동생인 스사노오 미코토(素戔嗚尊)가 가족을 이끌고 조선으로 갔는데 이것이 조선민족의 선조인 단군이라는 설이 있다. 이 주장의 진위는 알 수 없지만 스사노오 미코토가 조선에 왔을 때의 모습이 조선 춤으로 남아있다. 이것이 후에 일본에 전해져 오늘날까지 이어져온 것이다. 어쨌든 음악을 통해서 보면 야마토민족의 선조와 조선민족의 선조가 같은 계통이라는 사실을 고대 민족음악 연구를 통해 살펴볼 수 있다.

그 후 천 삼사 백 년 전부터 진보해 온 조선음악이 일본에 수입되었다. 오늘날의 조선음악은 이왕가에 전해진 정악(正樂)과 민간에 전해진 민악(民樂)의 두 종류로 나눌 수 있다. 또한 이왕가에 전해진 정악 중에는 지나에서 전해진 아악과 조선에서 만들어진 속악(俗樂) 두 종류가 있다. 정악에 포함된 속악은 고대 삼국시대의 속악이 기초가 된 것으로 원래 일본에서 수입되어 온 것이다. 오늘날에도 궁내성의 아악 중에는 고려악이라고 칭하는 이러한 종류의 조선 속악이 많다. 특히 궁내성의 고려악 중에 노카이리(納會利)라 불리는 둘이 추는 춤을 이왕가에서는 처음(處音)이라 칭하며 최근까지 행해지고 있었다. 둘 다 의상이 같은데 단지 내지에서는 두 명이 연기하고 조선에서는 다섯 명이 연기한다는 점만 다르다.

그 후 지나에서 대규모의 아악이 조선과 일본으로 유입되었다. 조선에서는 이것을 아악이라 칭했지만 일본에서는 당악(唐樂)이라 했다. 이는 일반적으로 궁내성에서는 좌악 우악으로 구별하여 부르던 것을 이왕가에서는 아악 속악이라 부르는 것에 지나지 않는다. 단 이왕가에서는 오래된 큰 규모의 형태로 보존하고 있지만, 내지에서는 소규모로 형태를 바꾸어 오늘날까지 전해지고 있다는 점이 다르다. 지나를 포함한 그 외의 나라에서 이미 사라져버린 고악이 대규모든지 소규모든지 오늘날까지 전해지고 있는 곳은 이왕가와 궁내성 뿐이고 게다가 이왕가의 음악은 유일한 아악의 원형이다.

　그래서 일본에서는 이러한 아악을 기초로 하여 여기에 일본 가사를 응용한 사이바라(催馬樂)와 같은 가요를 만들고 이후에 지금과 같은 연곡(宴曲)·요곡(謠曲)·조루리(淨瑠璃)가 되면서 일본음악이 발달해온 것이다. 즉 오늘날 존재하는 일본음악은 모두 이러한 아악에 근원을 두고 있고 이 아악의 유일한 원형이 이왕가에 남아 있는 정악이다. 이러한 의미를 통해 생각해봐도 귀중한 이왕가 고악을 내지인은 존중하고 영원히 보호해야 할 책임이 있다고 생각한다. 그러나 현재 이왕가 고악이 점차 쇠퇴해가는 현상을 보며 나는 개탄을 금할 수 없다. 어떻게든지 이왕가 고악을 보존하고 싶은데, 이를 위해서는 음악가의 생활을 안전하게 보장하는 일이 급선무이다.

* 田邊尙雄, 「音樂上より見たる內鮮の關係」, 『朝鮮及滿洲』, 1921年 8月.

21

야나기 가네코 부인의 독창회를 듣고

노무라 쇼(野村生)

나는 13일과 14일 밤 연이어 야나기 부인과 미네코 씨의 연주를 들었다. 두 분의 연주에 대한 예술적 가치를 내가 비평할 필요는 없다. 나는 단지 음악에 대해 몰이해인 청중의 한 사람으로서 주최자의 의도에 대해 느낀 점을 말하고자 한다.

주최자들은 사람들을 모으는 일에는 성공했다. 일단 청중이 넘쳐서 실내로 들어가지도 못한 사람까지 합하면 족히 백을 넘었을 것이다. 따라서 야나기 무네요시 씨의 향연을 돕는다는 목적에 대한 대가는 충분히 있었다고 생각한다. 그러나 어떻게 청중을 대접할지는 조금도 고려되지 않았다.

나는 오랫동안 도쿄를 벗어나 있었기 때문에 현재 도쿄에서는 음악회가 어떤 태도로 열리는지 모르지만 아마도 야나기 부인과 미네코 씨가 연 음악회와 같이 청중이 이미 악곡과 가사를 알고 있다는 전제하에 이루어지고 있을 것 같다. 도쿄는 우리나라 지식의 연총이고 청중이 음악을 이해하고 있다고 해도 문제없지만 경성은 전혀 다르다.

모인 사람의 대부분은 아무것도 모르는 사람들이다. 그 사람들이 고귀한 음악을 듣는 상황에 대해서는 어떤 관심도 두지 않고 처음부터 끝까지 단지 아름다운 음의 고저에만 귀를 기울이게 하여 청중이 조금도 곡목의 정신을 감득할 수 있는 방법을 취하지 않은 것이 아쉽기만 하다. 외국어를 전혀 모르는 사람에게 야나기 부인의 아주 작은 제스처는 아무런 힌트도 주지 못하였다. 따라서 왜 소리를 낮추고 왜 목을 흔드는지 전혀 모르는 채 포기해버리게 했다. 이 실정을 안다면 야나기 부인도 매우 유감스러워할 것이다. 주최자가 야나기 부인의 예술을 존중한다면 청중에게 그 예술의 한 부분만이라도 이해시키는 일이 야나기 부인에게 전하는 특별한 감사의 의미이고, 또한 청중에 대한 친절함임을 왜 몰랐을까? 야나기 무네요시 씨의 사업을 지원하는 일에만 너무 맹목적으로 열중했기 때문인지도 모른다.

사회적 사업을 한다는 것은 의무로 행하는 사업 자체의 목적 외에도 그 사업에 따르는 부수적인 목적도 생각해야 한다. 이틀 밤 동안 열렸던 고귀한 사업은 만약 주최자가 조금이라도 신경을 썼다면 예를 들면 연주에 앞서 곡의 정신적 부분을 설명하거나 또는 "밤을 새워 만들었다."며 팔았던 그림엽서 제작에 투자한 노력의 반만이라도 (그것은 아마도 엽서의 수를 줄이는 일이 되겠지만) 가사를 인쇄하여 배부했다면 어땠을까? 무료로 배부하는 일이 싫다면 팔아도 상관없다. 그래도 과자봉지를 파는 일보다는 가치가 있다. 수익만을 목적으로 하는 연극조차도 줄거리정도는 배부한다.

서양음악의 취미를 서서히 보급하여 음악이 회화와 조각보다 우수하며 우리의 감흥을 충분히 이끌어낼 수 있는 예술이라는 사실을 일반 사람들에게도 알리는 일은 가치 있는 일이라고 믿기 때문에 늦기는 했지만 한 마디 하는 것이다.

앞으로 만약 또 같은 기회가 생긴다면 되도록 목적에만 구애되지 말고 어떻게 하는 일이 일반 청중에게 친절한 것인지를 생각해 주었으면 좋겠다.

* 野村生, 「柳兼子夫人の獨唱を聞きて」, 『朝鮮公論』, 1921年 7月.

조선의 겨울과 음악

이시가와 요시카즈(石川義一)[4]

나에게 조선의 겨울은 처음입니다. 그렇지만 북미합중국 나이아가라 지방에서 겨울 한철을 지낸 적이 있습니다. 그 지방의 주민은 일반적으로 겨울에는 바깥일을 할 수 없기 때문에 주로 스토브 주위에서 생활하고 있습니다. 그들 대부분은 문예와 음악 등 주로 예술적인 생활을 하고 있습니다. 예를 들면 네다섯 가족이 모여 축음기를 듣는다든지 또는 가정 음악회를 열거나 신간 소설에 대

---

4) 이시가와 요시카즈(石川 義一)(1877.4.13-1962.1.17) : 작곡가. 1906년 9월에 아메리카로 건너가 여성 음악가에게 피아노와 영어를 배운다. 퍼시픽 대학에 입학하여 피아노와 작곡을 공부하고 1918년에 졸업. 1920년에 귀국한 후 조선 총독부 사회과장으로 평안남도에 부임하는데 이때 이왕가의 의뢰로 조선아악 연구를 시작하여 15년에 걸쳐 오선보에 모사한다.

한 이야기를 나누거나 아무튼 예술적인 생활을 하고 있기에 그들에게 겨울은 즐거운 계절 중 하나입니다. 봄은 자연계의 세계이고 겨울은 정신적 세계이며 순수하고 평화로운 시기입니다. 따라서 그들 사이에는 어떤 계획도 책략도 없습니다. 겨울은 마음의 즐거움을 수양하여 앞으로 올 자연의 미의 세계인 봄을 더욱 즐기기 위해 준비를 하는 계절입니다.

그러나 조선의 화로생활은 어떻습니까? "소인이 한가하면 악행을 범하기 쉽다."라는 옛말은 조선의 겨울에 적합하지 않을까요? 무위도식하며 4개월이나 지낸다는 사실을 일반적인 사회정책에서 볼 때 어떨까요? 들은 바에 따르면 겨울에는 범죄수가 감소한다고 합니다. 이에 비해 봄은 증가한다고 합니다. 이 사실을 통해서 보더라도 어떻게 해서라도 조선의 일반 사람들에게 겨울을 나는 방법을 보급해야 한다고 생각합니다. 이러한 겨울철 화로생활을 가능한 한 정신적 수양에 쓰면 좋겠다고 생각합니다.

정신적 수양이라고 해도 뭇사람들이 이미 다 알고 있는 윤리도덕의 학설 등은 역으로 해가 될 수 있습니다. 왜냐하면 윤리도덕의 학설이라는 것은 학설로 두뇌를 단련하는 데는 좋을지 모르겠지만, 실행에 있어서는 어떤 권위도 가지지 못하기 때문입니다. 실행이라는 측면에서 보면 윤리도덕의 학설보다도 오히려 인정소설(人情小說) 등은 도움이 될지 모르겠습니다.

어쨌든 조선의 겨울 생활을 지내보고 이 시간을 가장 도움이 되는 시간으로 보내야 한다고 생각했습니다. 어떤 점에서 보면 문화운동 대부분의 활동은 긴 겨울철에 행해져야 한다고 생각합니다. 그러나 요즘 사회운동에 대한 어떤 기사도 신문에 나오지 않습니다. 특히 겨울은 일반 민중의 정신적 방면을 개척하기에는 절호의 시기가 아닐까요? 이 시기에 나는 자신의 전문분야이기도 한 음악에 대해 소소한 의견을 이야기해보려고 합니다.

북부 러시아와 폴란드 지방의 겨울은 조선의 겨울보다도 약 2개월 정도 더 깁니다. 한 해의 나쁜 일이 이 계절에 계획된다고 가정하면 그들은 참으로 무서운 범죄를 저지를지도 모릅니다. 하지만 사람들의 이야기를 듣고 통계를 봐도 범죄 수는 다른 나라에 비해 적습니다. 그들의 겨울은 정신을 즐겁게 하는 시기로 정하여 겨울에는 천국에 있는 듯한 기분인 것입니다. 대부분은 음악을 감상합니다. 그들의 음악에 대한 태도는 숭고한 여신을 만난다는 것과 같습니다. 즉 음악을 듣는다는 행위는 눈에 보이지 않는 여신이 눈앞에 나타나는 것과 같다는 신앙을 가지고 있습니다. 그들은 귀의 세계와 눈의 세계를 같이 움직이고 있습니다. 그러나 대부분의 다른 나라들은 귀의 세계를 중요시하지 않습니다. 북부 러시아와 폴란드 사람은 귀의 세계가 오히려 눈의 세계보다 발달해 있습니다. 보세요. 현대의 위대한 음악가 모두가 북부 러시아와 폴란드 사람에 한정되어 있다는 사실을. 예를 들면 쇼팽, 파데레프스키, 차이콥스키 등 다 열거할 수 없을 정도로 많습니다. 이러한 현상을 보면 음악에 대한 그들의 태도는 우리들이 상상하기 어려울 정도라고 생각합니다. 이와 같은 정신적 세계는 겨울에게 준 하늘의 은혜입니다. 겨울철이 비교적 길기 때문에 긴 시간 동안 자연과 음악적인 미에 심취해있던 것입니다.

음악을 보급하는 일에는 비교적 돈도 들지 않습니다. 게다가 음악의 보급이 사회교화에 유의미하다는 점에 반대할 사람은 없을 것입니다. 이러한 음악에는 위험한 사상도 없습니다. 나는 아전인수일지도 모르나 다른 예술도 중요하지만 음악은 이러한 겨울철에는 꼭 필요한 예술이라고 생각합니다. 이와 같은 이유로 나는 적어도 조선의 화로생활에 음악을 보급하고 싶습니다. 그리고 가장 영향 받기 쉬운 귀의 세계를 개척하면 더 깊은 자연의 즐거움도 맛 볼 수 있을 것이라고 생각합니다.

자연미를 맛보는 깊이가 깊어지면 깊어질수록 그 사람의 인격은 고상해집니다. 인격 수양의 한 가지 방법은 보다 많은 자연미를 맛보는 데에 있지 않을까요? 윤리도덕과 같은 고상한 학설을 암기하기보다는 천지자연의 미에 접하는 편이 가장 효과적입니다. 학교의 수신과목도 음악이나 그림으로 만들어 버리는 편이 자연스러울 것입니다. 그렇지 않으면 각 직원의 실제 경험담이 학생들에게 도움이 될 것이라고 생각합니다. 세상의 모든 교육자들에게 의견을 묻고 싶습니다.

그렇다면 조선의 겨울철에 어떻게 음악을 보급할지 그 방법에 대한 이야기를 해 보겠습니다. 우선 조선에 음악학교를 설립하는 것입니다. 내가 주장하는 음악학교는 관립이든 사립이든 상관없습니다. 반드시 관립이 아니더라도 문제가 되지 않습니다. 음악학교를 건설하는 일은 조선 음악계를 형성하여 통합하는 일과 같습니다. 즉 학교를 중심으로 음악을 보급할 수 있습니다. 다행히도 세계의 많은 사람들이 평화운동 실현을 위해 나아가고 있으며 이는 결국 문화운동으로 이어지고 있습니다.

러시아에 다수의 큰 음악학교가 있다는 데에는 여러 가지 이유가 있을 테지만 첫째, 러시아의 겨울이 길다는 점도 큰 이유가 되며, 러시아 사람들의 요구가 있었기 때문이라고 생각합니다. 두 번째로는 각 소학교와 보통학교에 가능한 한 한 명씩 음악 전공 교원을 두고 있기 때문입니다. 만약 각 학교에 한 명씩이 불가능하다면 도청 소재지에 평균 한 명 정도씩 두면 됩니다. 그래서 그 지방을 중심으로 음악 보급에 힘을 쏟는 편이 아마도 가장 중요한 일일 것입니다. 조선에 있는 내지인의 마음도 점점 식민지라는 공기에서 벗어나고 있습니다. 이 기회를 이용한다면 어려운 일이 아닙니다. 그 외에 축음기를 매입하는 방법도 있지만 이 방법은 일시적인 것으로 결코 영원한 방법이 될 수는 없습니다.

러시아 단체는 멸망했지만 러시아 음악은 현존하고 있습니다. 러시아 사상은 적화했지만 러시아 음악은 백화하고 있습니다. 이에 반해 독일 음악은 나라와 함께 소멸해버렸습니다. 왜냐하면 부자연스럽게 세계적으로 위대한 음악가를 베를린에 집합시킨 지금의 미국처럼 독일도 무리해서 각 방면에서 세계 최고임을 자랑으로 삼았기 때문입니다. 즉 하루아침에 단체가 변하면 음악도 소멸하는 것은 당연한 이치입니다.

그래서 조선의 겨울을 생각했을 때 음악적인 교화는 자연스러운 일이라고 생각합니다. 조선 겨울의 화로생활을 유효하게 보낼 수 있게 하기 위해 일반 민중에게 문화운동을 이해시키는 일은 급선무입니다. 문화운동은 고상한 예술의 보급입니다. 따라서 음악은 일종의 예술일 뿐만 아니라 가장 순수한 것이기도 합니다. 이러한 음악을 보급하는 일에는 아무도 이견이 없을 것입니다. 진정한 문화운동의 의미에 투철하기 위해서는 우선 음악부터 시작하는 것이 자연스러운 일이라고 생각합니다.

* 石川義一, 「朝鮮の冬と音樂」, 『朝鮮公論』, 1922年 3月.

조선음악단상

이대산(李大山)

조선의 오락 쪽 현상에 대해 써달라는 주문이 있었기에 조선의 음악 관련 글을 두세 편 쓰고 내 짐을 내려놓고 싶다.

조선의 아악 — 이전 버나드 쇼가 일본을 방문했을 때 조선아악 레코드를 선물로 사간 적이 있는데 최근에 버나드 쇼만이 아닌 외국인들이 이 아악 레코드를 여행 선물로 사가는 일이 많은 것 같다 — 또한 조선음악을 연구하려고 하는 사람은 반드시 이왕직 아악부에 가본다. 그렇다면 왜 아악이 이토록 진기하고 귀중하게 여겨지는 것일까? 그 이유는 예로부터의 음악을 그대로 보존하는 일이 아악부의 사명이기 때문에 이를 흔드는 것과 같은 신조선 음악운동에는 참여할 수 없다는 어느 아악부 당국자의 말이 뒷받침해주는 것처럼 원래 지나에서 수입되었지만 지금은 본가인 지나가 아닌 조선에만 남아있기 때문이다. 음악을 시작할 때 방망이로 내리쳐 소리를 내는 나무 상자 모양의 축(柷)이라는 악기라든지, 끝날 때에는 문질러서 소리를 내는 호랑이와 같은 모양을 한 오(敔)라든지, 또한 'ㄱ'의 글자 형태를 한 돌을 두들겨서 소리를 내는 경(磬)이라든지, 서양의 오카리나와도 닮은 십제악기(十製樂器)인 훈(壎) 등은 모두 지금부터 수천 년 이전의 고대악기로 지나에서는 이미 오래전에 사라져버렸다고 한다. 그렇지만 조선에서는 지금도 사용되고 있다.

그런데 실제로 젊은 사람들이 이 오래된 음악을 듣고 과연 어느 정도의 묘미를 느낄 수 있을까? 혹은 감명을 받을까? 물론 귀에 익숙한 노인들은 <서일화지곡(瑞日和之曲)>인 <속명령(俗名令)>을 들으면 바로 옛날 그 화려했던 왕의 행렬을 떠올리며 즐거워할 수 있겠지만 말이다. 아악부와는 별개인 여러 가지 악기 중에 가장 음색이 아름다운 당적(唐笛)이나 유일한 저음악기인 아쟁(牙箏) 또는 복음악기인 생황(笙簧) 등을 사용하는 일이 가능하다면 이것을 민간악에 도입하여 악기의 수를 풍부하게 한 새로운 시대의 감정을 담은 작곡을 해보는 것은 어떨까?

창극조 — 이것은 나니와부시와 비슷한 것으로 노래의 가락도 있고 이야기도 있으며 여기에 샤미센이 아닌 북을 사용한다. 이것은 혼자 하는 광대가라고도 하는데 이처럼 이전에는 광대라는 남자가 노래한 것이지만 — 그중에는 가요계의 거장 신재효(申在孝)의 여제자 채선(彩仙)이라는 멋들어지게 노래를 잘하는 여자도 있었다고 하지만 — 최근에는 기생이 이 노래를 부르게 되면서 명창이라는 딱지가 붙지 않은 사람은 노래전선에서 물러나 기생에게 노래를 가르치고 그 기생이 노래로 벌어온 돈으로 수업료를 받는다는 재미있는 일이 벌어지고 있다. 기생이 노래를 부르면 남자의 경우보다 좀 더 소리가 듣기 좋을지는 모르지만 웅장한 맛이나 해학이 없고 소위 '애원성(哀怨聲)'이 많다. 기생이 창극조를 타락시킨다고 하는 어느 노장 광대(가수)의 말이 패자의 불평이라고 전부 일축해버릴 수 없는 부분이 있다.

지금 일반적으로 불리는 노래는 열사 춘향전, 효녀 심청전, 지나 삼국지를 축소한 적벽가, 혀 잘린 참새의 이야기와 비슷한 흥부전, 용왕의 병에 토끼의 간이 좋다고 해서 겨우 토끼 한 마리를 잡았지만 결국 토끼에게 속아 놓치고 말았다는 이야기인 묘공전 등 이 다섯 개다. 이 외에도 변강쇠 타령 등이 있었다고 하는데 지금은 불리고 있지 않다.

현재 불리고 있는 노래는 이 다섯 개 밖에 없다. 환갑, 생일의 연회나 지금은 없어졌지만 과거 급제를 축하하는 연회(지금으로 말하면 고등무관 시험 패스 축연이라 할 수 있는 것)나 보통 연회석에서 부른다 해도 이 다섯 개 외에는 노래할 만한 것이 없다. 게다가 레코드나 라디오로 자주 들으면 질리는데다 부르는 사람이 대체로 전라도 사람이고 이야기하는 부분이 남도 사투리인데다가 가락을 중요시하다 보니 이야기가 짧다. 그래서 빅터에서는 쇼와 8년(1932) 가을에 가락은 기존의 창극조로 하면서 이야기는 표준어인 연극조로 한 단종애곡을 써서 박월정(朴月庭)에게 녹음 시켰다. 그리고 방송국에서는 지난 10월 광대도 뭣도 아닌 이 바닥에서는 아마추어나 마찬가지인 현철(玄哲) 씨가 가담(歌談)이라는 제목으로 가락은 남도민요 미나리조로 이야기는 나니와부시 어조로 한 영월단장곡을 방송했는데 이러한 것들은 새로운 시도이다.

서도가요(西道歌謠) ─ 종래에는 서도잡가라고 불리던 것인데 잡가라는 어감이 별로 좋지 않아서 서도가요라고 고쳤다. 서도가요는 한때 경성에서 유행했던 것이다. 박춘재(朴春載)의 이야기에 따르면 박담홍(朴膽紅)이라는 평양기생이 경자년 즉 지금부터 36년 전에 처음으로 수심가(愁心歌)를 경성에 소개했다고 한다. 그리고 김일순(金逸淳)의 이야기에 따르면 지금 자신이 부르고 있는 공명가(孔明歌)를 만들었다고 한다. 물론 그들의 말을 있는 그대로 믿을 수는 없지만, 최근 각권번(各券番)에서 서도가요를 가르치게 되었다는 이야기와 함께 생각해보면 경성에 서도가요가 유행한 것은 최근의 일이라는 점은 미루어 짐작할 수 있다.

서도가요가 경성에 소개된 지 얼마 되지 않은 것에 비해 인기가 대단했던 이유는 노래의 가락이 재미있기 때문이겠지만, 그 외에도 역륭희(亦隆熙) 42년 쯤 (지금으로부터 약 117년 전) 내부기생의 출현 이전 즉 약방(藥房)기생, 상방(上房)기생이라고 불리던 시절의 기생은 가곡·가사·시조만을 불렀다. 또한 그보다 한 단계 떨어지는 삼패(三牌)기생은 시조 경성좌창만을 불렀다. 그런데 우연히 서도기생이 부르는 귀에 익지 않은 노래를 듣고 희한해서 더 불러달라고 요구 한 것에서 비롯된 것이기도 하다. 어쨌든 서도가요는 인기를 끌고 한때는 녕변가(寧邊歌) 전성시대 또는 수심가 전성시대가 있을 정도였다.

서도가요 중에 공명가 선창을 빼면 전부 가사만 바꾼 노래여서 노래 1절과 2절과의 사이에는 어떤 의미적인 연결성도 없고 각 절은 개별적인 내용으로 이루어졌다. 따라서 청춘가(青春歌)의 가사가 <양산도(楊山道)> 속에 있거나 난봉가(難逢歌)의 가사가 <구타령(臼打鈴)> 속에 들어가거나 하고 때로는 엉터리 문구가 붙거나 해서 뒤죽박죽 섞여있는 상태다. 이처럼 어수선한 가사를 정리해서 각 노래가 가진 고유한 가사를 보존하고 재미없는 문구는 삭제하는 작업도 당장은 유의미할 거라고 생각한다.

양악(洋樂) — 경성에서 음악회는 한 달에 겨우 한두 번 밖에 열리지 않는다. 그럼 왜 이렇게 음악회를 열지 않는 것일까? 어떤 이는 이에 대해 다음과 같이 대답한다.

즉 라디오의 출현에 따라 지금까지 해온 음악회의 형식은 구식이 되었다. 집에서 라디오를 통해 편하게 들을 수 있게 되면서 불편하고 사람이 많은 음악회에서, 게다가 종류도 적은 음악을 한 시간이고 두 시간이고 긴 시간 동안 참고들을 수 없게 되었다. 그리고 종래의 음악회 프로그램 편성을 개선해야 한다고 한다. 그러나 정훈모(鄭勳謨) 독창회나 짐발리스트의 바이올린 독주회는 입추의 여지도 없을 정도로 성황이지 않았던가. 아니면 음악가가 자기 일에 쫓겨서 음악회를 준비할 정도로 한가하지 않기 때문일까? 즉 경성에는 사람들을 끌어들일만한 음악가가 없다는 것일지도 모른다. 또한 경성의 일반 시민들이 음악에 대한 관심이 적은 것이 원인일지도 모른다. 그들은 새로 온 유명한 음악가가 아니면 흥미를 가지지 않는다.

* 李大山, 「朝鮮音樂斷想」, 『朝鮮及滿洲』, 1936年 1月.

조선 음악계의 사람들

아오자와 우쓰로지(青澤窊路)

경애하는 S 군!

조선에도 깊은 가을이 찾아들어 은빛 갈대 저쪽까지 달의 하얀 물결이 넘실거리는 시기가 되었다. 버드나무에 걸린 조각달에 취해 흥얼거리는 영감의 아리랑 한 구절도 가을의 애수에 젖어있는 것처럼 들리는군. 가을은 조선의 핵심과 닿은 생명 그 자체다. 오늘 밤 나는 오랜만에 언젠가 자네가 의뢰한 조선 음악계의 현재에 대해 써보려고 한다. 이미 오래전에 부탁받은 일에 답을 하는 것은 당연하지만 일도 바쁘고 글쓰기를 싫어하는 성격이라 결국 오늘까지 미루게 된 무례함을 용서해주길 바라네. 이 또한 당연히 용서해야 할 내 천성의 덕 중 하나니까. 농담이 아니네.

경애하는 S 군!

막상 글을 쓰려고 하니 새삼스럽지만 조선의 음악계가 너무 빈약하다는 사실을 깨닫게 되는군. 그러나 이 점은 자네도 이미 알고 있는 사실이니 조금 레벨을 낮춰서 읽어주길 바라네. 나는 우선 이 점을 자네에게 말 해 두어야 하겠지. 그럼 기탄없이 쓰려고 하니 자네도 참고 읽어주길 바라네.

S 군. 조선 음악계는 앞으로 점점 쓸쓸해질 거라는 사실은 부정할 수 없네. 거기에는 큰 이유가 있지. 그 이유는 나중에 밝히기로 하겠네.

경성에는 자칭 아마추어 그룹이라 하는 악우회(樂友會)가 있다. 주로 감리교 교회에 관계 된 사람들이 중심을 이루고 있는 것 같다. 그러나 이 그룹 대부분은 대련 야마토 호텔 오케스트라단 이와자키 히로시(岩崎寛) 씨가 양성한 사람들로 경성에 있으면서 가장 순수한 예술적 관념을 가지며 이전 악단에 큰 공적을 남겼다. 조선 음악계가 오늘날과 같은 형태로 생겨날 수 있었던 데에는 이와자키 히로시 씨의 공이 크다. 바꿔 말하면 어느 정도 조선 음악계의 원조의 형태라 할 수 있다. 이와자키 씨와 함께 음악계를 위해 협력하며 시대의 획을 그었던 사람 중에 시미즈 미키조(淸水幹三) 씨가 있다. 그 둘 밑에는 오로지 음악계의 보급과 신장에만 힘쓰는 사람들이 있었는데, 현재 조선 호텔 음악부에 있는 나카노 히데치카(中野秀愛) 씨, 경성 부청에 있던 안도 로쿠로(安藤六郎) 씨, 총독부 이다 요사부로(飯田與三郎) 씨, 전기회사의 와타나베 다모츠(渡邊保) 씨, 다이진구사마(大神宮樣)인 시바야마 구니이치로(柴山國一郎) 씨, 나카무라 사이조(中村再造) 씨의 아들로 다양한 취미를 가진 나카무라 이와오(中村巖) 씨, 현재 바이올린 초급 교수를 하고 있는 마루야마 소지로(丸山宗二郎) 씨, 니혼마치(日本町)에 사는 와타나베 구기치(渡邊久吉) 씨, 안동 병원장의 아들인 안도 게이노스케(安東桂之助) 씨 등 이들이 중심을 이루고 있었다. 그 후 현재 제일고등여자학교 음악교수를 하고 있는 오오바 이사무지조(大場勇之助)[5]가 조선에 온 전후로 이와자키 씨가 대련으로 떠나고 앞서 말한 사람들은 대부분 음악계에서 등을 돌리고 있는 형편이다.

S 군! 내가 생각하기에 조선 아니 조선과 만주의 음악계가 조금이나마 생기가 있던 시대는 이와자키 씨와 같은 사람들이 물욕을 버리고 진지하게 노력했던 시기로 이때가 가장 대표적인 황금시

---

5) 오오바 이사무지조 (大場勇之助)(1887.11.11~) : 재조일본인으로 동경음악학교(현 동경예술대학) 본과 성악부 출신이며 전공은 바이올린이다. 조선에서 신민요나 사가(社歌) 등 다수의 조선노래를 작곡했다.

대였다고 생각한다. 현재 조선에서 조선인 측은 김영환 씨, 일본인은 오오바 이사무지조 씨, 외국인 측은 스미스 씨 등이 실력을 인정받는 음악계의 꽃이며 중심이 되는 인물들이다. 그 외에 피아노 독주 재능을 가진 고먼 씨 그리고 선교사 부인인 켈부인 등이 있다.

이렇게 음악가는 있다고 해도 최근 들어 특히 청중이 눈에 띄게 감소하고 있는 현상은 도대체 왜 일까? 이 현상은 중요하게 생각해야 할 문제이다. 옛날에 이와자키 씨가 조선 호텔에 있으면서 금계회(金鷄會)라 부르는 모임을 조직했던 시대에는 상업성을 전부 버리고 어디까지나 음악 보급에만 주력했다. 그래서 음악회를 공개할 때에도 입장료는 항상 무료였다. 그러나 최근에 고귀한 예술을 이용해서 돈을 벌려고 하는 사람들이 있는 모양인데, 이는 굉장히 잘못된 행동으로 점차 음악계가 쇠퇴해가는 이유가 어디에 있는지 깊이 고민해 봐야하지 않을까?

S 군! 조선 음악계에도 구제할 수 없는 기생충이 존재한다는 사실을 자네에게 알려야 하는 유감스러움을 통감한다. 이와자키 씨는 학력이 없었다. 이는 당시 저급하다는 경성 음악 애호가들의 신용을 얻기 위해서는 너무나 슬픈 형식의 결여였다. 당시 사람들이 음악의 질을 이해하기에는 너무나 부족한 시대였다. 이러한 생

각을 들지 않게 할 수 있는 이와 대조되는 다른 하나가 생겨났는데, 굳이 말하지 않아도 이미 알고 있는 오오바 이사무지조 씨이다.

오오바 씨는 예전에 클라리넷을 연주하던 일개 가수에 지나지 않았다. 그러나 그 후 음악학교를 졸업하고 이와자키 씨와 같은 정도의 역량을 가지면서 형식 부분에도 하나의 특징을 가지고 있었던 것이다. 즉 그것이 음악학교 출신이라는 간판이었다. 이와자키 씨는 결국 경성을 떠났다. 그러나 순정이 넘치는 씨는 겉으로는 조금도 인기에 연연해하지 않으며 당당하게 대련으로 옮겼고 조선신문사 후원으로 성대한 송별 연주회도 열었다. 현재 만주에서는 확고부동한 음악계의 별로 음악 보급에 주력하고 있다.

S 군. 김영환 씨는 연희전문학교, 숙명여학교, 중앙보통학교 등의 학교에서 음악교수를 하는 일 외에도 자택에서 일반적인 교양에 주력하고 있는 굉장히 인격적인 음악가이다. 씨는 물질에는 욕심이 없는 담백한 성격으로 출연을 부탁받으며 흔쾌히 수락하고 인천이든 평양이든 삼 등 열차를 타고 간다. 얼마나 예술가다운 사람인가. 이런 사람이 있다는 프라이드(가령 작은 것이라 해도)가 조선 음악계에도 있다는 사실을 기억해주기 바란다.

S 군. 나는 보다 자랑스러운 일을 자네에게 전하고자 한다. 그

것은 스미스 박사의 독창회이다. 박사의 독창은 단숨에 밀고 나가 전하는 강한 목소리로 나는 이에 찬사를 아끼고 싶지 않다. 박사는 누구나 언급한 적이 있지만 역시 조선적으로 보다는 더욱 큰 일본적으로 과시해야 할 훌륭한 음악가라고 생각한다. 부인 스미스 씨의 딸들도 현재 열심히 연구 중이라고 들었는데 결국 대성할 미래를 기다리는 기쁨을 나는 느낀다. 스미스 씨의 집을 방문하는 사람들이 하나같이 스미스 가족 모두가 음악을 열심히 하고 있는 증거라 할 수 있는 악기의 소리를 듣고 반해서 방문한 용무를 잊을 정도라는 소문도 있다.

S 군! 경성에서는 "오늘은 누가 출연하니까 꼭 가보자"와 같은 이야기를 아직도 들을 수가 없다. 그리고 한 회에 50원 하는 출연료를 청구하는 음악가가 우리 경성에 존재한다는 사실을 나는 유감스럽게 생각한다. 실제로 50원이나 하는 돈을 받을 정도의 인물이 조선에 있을까? 출연료를 주기 위한 과대한 입장료의 청구는 당연히 없어져야 한다. 입장료를 요구하기 때문에 청중이 감소한다고 할 수 있다. 이는 심각한 시대적 착오라고 생각한다. 적어도 출연자는 무보수로 음악회를 베풀고 사람들의 호의와 예를 받으면 그걸로 충분하다. 그렇게 하면 입장료가 싸지거나 무료로 개최될 것이 분명하다. 요즈음 어떤 학교 음악회는 완전히 돈 벌기 위

주로 이루어지는 모양이다. 순진한 학생을 이용해서 뻔뻔하게 학생 한 명당 입장권을 할당하여 한 장에 1원에 사게 하고, 떠맡은 학생들은 잘 알지도 못하는 주변 사람들에게 울상이 된 얼굴로 부탁해서 입장권을 팔고 잠시 안도의 한숨을 내쉰다고 한다. S 군. 나는 이것을 음악계의 기생충이라고 부르는 것이다. 뭐? 통쾌하다고?

S 군! 밤이 길다 해도 너무 이야기가 길어지면 가을밤에는 몸이 냉해지니까 당분간 경성 음악계의 새로운 일에 대해서는 여기까지만 해두고 실례하겠네. 먼저 바이올린은 구로세 다미코(黑瀨民子) 씨를 들 수 있다. 최근 많은 돈을 투자해 악기를 구입하여 "처음으로 내가 생각했던 소리가 나와요"라며 백발의 부군을 놀라게 했다고 한다. 다음으로 피아노를 가지고 놀 때에는 식사 때도 잊어버린다고 하는 전 남대문 역장 이치세 다케우치(一瀨武內) 씨의 딸 후지코(藤子) 씨가 있다. 서양인처럼 키가 크다고 하는데 나는 아직 본 적이 없다. 헌병대 사령관인 마에다 노보루(前田昇) 씨의 딸 마에다 아야코(前田文子) 씨, 최근 결혼했다는 가지하라 다로(梶原太郎) 씨의 딸 가지하라 나에(梶原茱惠) 씨, 총독부 미이 후사나가(三井英長) 씨의 딸 미이 도모코(三井鞆子) 씨 외에도 여성 음악가로 다카노리 게이코(高規ケイ子) 씨, 다카마 야요이(高間彌生) 씨 등이

있다. 모두 젊다. 이상한 웃음 짓지 마시게.

S 군. 인천에는 감리교 교회에 나가노(永野)와 이소베(礒部) 씨 등이 있다. 연희 전문학교에는 윤기성(尹基誠)씨와 용산 중학교 영어 교사를 하고 있는 하마자키 도요타다(濱崎豊產) 씨가 있다. 그 외에도 아직 많이 있을 테지만 내 견문으로는 여기까지가 한계이다. 숨어있는 사람들이 있다면 다시 천천히 써서 보내도록 하겠다. 그리고 평양에 있는 숭실 학교에 오케스트라가 있는데 그 내용은 잘 모른다.

S 군. 피아노인이라 부르는 작곡가 이시가와 요시카즈(石川義一) 씨는 평양에 있지만 결국 경성으로 돌아와 버렸다. 이시가와 씨의 음악에 관한 의견은 때때로 교토에서 발간되는 신문잡지에도 나오고 경성의 신문잡지에도 있는 모양이다. 아무튼 이시가와 씨처럼 조선에서 한 명이라도 조선인 음악을 연구할 수 있는 사람이 나왔다는 점은 큰 자랑이라고 생각한다.

점점 밤안개가 깊어지고 공기가 차가워져 밤기운에 얼어가는 나뭇가지를 스치는 바람소리가 들린다. 이렇게 조용히 바람소리를 듣고 있자니 가을의 애수가 마음속 깊이 전해진다. 매일 밤 달을 건너는 기러기 소리를 들으니 이젠 조선의 가을도 깊어가는 것 같다. 조선의 음악계는 저주받고 있다! 나는 마지막으로 이 한 마디만 하고 이 빈약한 펜을 놓겠다.

S 군. 오늘밤은 이것으로 실례하겠네.

* 靑澤 窊路, 「朝鮮音樂會の人々」, 『朝鮮公論』, 1922年 11月.

조선민요 연구여행

(1) 여행할 때까지

1921년 4월 1일 나는 경성에 도착하자마자 다나베 히사오(田邊
尚雄)[6] 씨가 조선 아악을 연구하기 위해 경성에 와계시다는 사실
을 엽서를 받고 알았다. 다나베 씨가 묵고 있는 천진루(天眞樓)를
방문해 조선 민요 전부를 연구해 보고 싶다는 바람을 이야기하자

---

6) 다나베 히사오(田邊尚雄)(1883.8.16-1984.3.5) : 음악학자, 일본에서 최초로 동양음
악개설을 정리했다. 1920년부터 궁내성 악기연구와 동양음악연구에 종사하였으
며 동경제국대학, 동경음악학교에서 교편을 잡았고 1936년에는 동양음악학회를
설립했다.

다나베 씨도 크게 찬성해주셨다. 처음에 한 이야기는 단순히 경성을 중심으로 한 민요를 개인적으로 연구하고 그 결과를 당시 다나베 씨가 책임을 맡고 있는『음악과 축음기』에 실을 목적이었다.

그날 아침 다나베 씨가 미즈노 렌타로(水野錬太郎)[7] 씨와 그때 문서 과장이었던 나카라이 기요시(半井淸)[8] 씨에게 소개장을 써주어서 약 한 달 후에 두 분을 방문했다. 5월 중순 어느 날 아침 7시 정도 정무총감인 미즈노 씨를 관저로 방문했는데 반갑게 맞아주었다. 다나베 씨가 나에 관한 이야기를 한 모양으로 나에 대해서 잘 알고 있었다. 마침 그때 방문객이 없어서 여유롭게 아침식사를 하면서 이야기를 나누고 8시 정도에 관저를 나와 집으로 돌아왔다. 그때 미즈노 씨는 "지난달 다나베 씨가 경성에 오셨을 때 자네 이야기를 했는데 자네는 피아노도 치고 작곡도 하고 게다가 음악도 잘 한다던데, 자네의 재능에는 진심으로 감탄했네. 자네를 경성 여자고등보통학교에 두는 일은 아깝다는 생각이 들지만 조선 문화를 위해서 조금만 참아주길 바라네. 머지않아 조선에도 음악학교가 창립되지 않으리란 법도 없으니까." "아닙니다. 너무 칭

---

7) 미즈노 렌타로(水野錬太郎)(1868.2.3-1929.11.25) : 정치가, 내무관료, 조선총독부 정무총감, 문부대신 등을 역임.
8) 나카라이 기요시(半井淸)(1888.3.31-1982.9.3) : 정치가, 내무관료. 1919년 10월에 조선총독부로 옮겨 학무부 종교과장으로 취임하여 총독관방문서과장과 학무부 학무과장 등을 역임.

찬해 주셔서 몸 둘 바를 모르겠습니다. 실은 다나베 씨한테서도 이야기를 들으셨겠지만 조선 민요를 세계 어느 누구도 철저하게 연구한 사람이 없습니다. 1910에 독일 선교사가 다섯 페이지 정도로 그리스도교 아시아 통신에 잡다하게 쓴 글하고, 1918년경에 문학자인 가네츠네 기요스케(兼常淸佐)[9] 군이 일본음악사 속에서 조선의 민요에 대해 조금 언급한 것뿐 그 외에는 전혀 없는 것 같습니다. 저는 조선에 있는 이상 난관을 극복하고 조선의 민요를 통계적으로 연구하고 싶습니다만, 각하께서 협력해 주시면 안 되겠습니까?"

열심히 부탁을 해보니 의외로 한 마디로 찬성해 주셨다. 마침 그때 정보위원회의 간사가 나카라이 기요시 씨였는데 나카라이 씨도 관저를 방문해 조선 민요연구의 필요성과 구체적인 연구 방법에 대해 이야기했던 것이다. 나카라이 씨도 흔쾌히 찬성하여 7월 중순경 드디어 정보 사무실 위탁으로 조선민요를 연구하게 되었다. 그리고 조선 민요연구 여행을 할 준비가 되어서 처음으로 평양을 방문하기로 했다.

---

9) 가네츠네 기요스케(兼常淸佐)(1885.11.22-1957.4.25) : 음악평론가, 문예평론가, 음악학자.

(2) 평양행

지금도 잊을 수 없는 1921년 8월 22일 아침, 경성을 출발해서 평양으로 향해 야나기무로(柳室) 여관에 자리를 잡았다. 마침 그때 구기모토(釘本)악기회사 사원인 스즈키 시게가타(鈴木重賢) 군과 동행했는데 야나기무로 여관에서는 스즈키 군이 내 수행원이라고 생각한 모양으로 2층 특등실로 안내해주어 지나치게 좋은 대우를 받았다. 그래서 평양이 완전히 좋아지긴 했지만 나중에 평양에 살게 될 줄은 꿈에도 몰랐다.

총독부에서도 평안남도 관청에 통지해 놓은 모양으로 일부러 역까지 자동차로 마중을 나와 주고 게다가 태어나서 처음 하는 출장인지라 왠지 어깨가 펴지는 것 같은 기분이 들었다. 출장 중에는 당시 매일신보의 책임자였던 나카무라 겐타로(中村健太郎) 씨에게 평양의 지인한테 부탁해 소개장을 써주면 좋겠다는 이야기를 하자 잠시 생각한 후에 매일신보 평양 지국장인 사이 준테이(崔順貞) 씨를 소개해 주었다.

22일은 여관에서 보내고 다음날 아침 일찍 시노다 지사쿠(條田治策) 도지사를 도청에서 만나 출장의 요점을 설명하자 아주 흥미로운 연구라 하며 가능한 한 최선을 다해 돕겠다고 한다. 그리고 바로 평양 기생학교에 가게 되었는데 대부분의 교섭은 사이 준테 이 씨가 하고 평양 경찰서에서 반강제적으로 악사들을 모아 오후 2시부터 4시 정도까지 아가(雅歌)와 승무, 검무 등 그 외에도 여러 종류의 향연을 벌였다.

처음으로 조선음악을 들었을 때에는 비평하고 싶어도 할 수 없을 정도로 이해할 수 없었다. 곁에 있는 사람들이 여러 가지 질문을 해도 하나도 대답할 수가 없을 정도로 할 말을 잃어버려 내심 이대로 경성으로 돌아갈까라는 생각도 했다. 게다가 출장에서 돌아가면 잡지 『조선』에 이 연구에 대한 결과를 써야 하는데, 완전히 자신감을 잃어버린 것이다. 하는 수 없이 조선음악과 서양음악의 차이점에 대해 대충 쓰고 돌아갈까 하고 생각하는데 평안남도 교육회에서 왔다면서 25일 밤에 공회당에서 음악회를 열어 주면 좋겠다며 꼭 승낙해 달라고 한다. 아무리 그래도 연주는 할 수 없다. 왜냐하면 연주할 준비도 안 돼 있고 악보도 없다. 그렇다고 해서 곡을 기억하고 있지도 않다. 고로 연주는 불가능하니까 거절하겠습니다. 라고 단호히 거절해버리자 여러 사람이 들락날락하며 다녀가는 바람에 결국 상대의 요구를 들어주기로 했다. 그런데 당일 밤이 되자 시노다 도지사가 연주실에 나타나 나를 이시이 요시카즈(石井義一)라고 청중에게 소개해버렸다. 나는 할 말을 잃고 도지사의 소개가 끝나자 뭔가 한마디라도 해야 할 것 같았지만, 도지사가 일부러 이시이라고 소개한 것을 이시가와라고 정정하지도 못한 채 조금 망설인 끝에,

"지금 도지사 각하가 소개해 주신 사람입니다."라고만 말하고 겨우 그날 밤 프로그램에 몰두했다. 모인 사람들로 장내가 넘치고 대단한 모임이었다. 그 다음날 조용히 경성으로 돌아와 버렸다. 그리고 나카라이 씨와 만나서 출장 결과를 대강 이야기하자 꼭 잡지 『조선』에 써 달라는 부탁을 받아 겨우 잡지 『조선』에 아악과 민요의 차이에 대해 쓰고 그걸로 마무리했다.

이 출장으로 악보까지 만들어 올 수 있었던 것은 <수심가(愁心歌)>와 <노군가(路軍歌)>였다. 수심가의 악보를 얻기 위해서는 일부러 기생집까지 가서 대 여섯 번 같은 노래를 불러달라고 부탁했다. 나중에는 기생도 부르기 싫어진 모양이라 그러면 어쩔 수 없지 하고 포기한 후 아직까지 악보를 완성하지 못 했다. 다른 기생에게 부탁하면 또 처음부터 다시 노래를 시작해야 하는 난처한 상황이 벌어지기 때문에 결국 사이 준테이 씨에게 매달리듯 통사정을 하여 기생에게 10원을 주고 싫어하는데도 불구하고 억지로 노래를 부탁했다. 이렇게 해서 겨우 수심가의 악보를 완성할 정도로 그 어려움은 보통이 아니었는데 경성에 돌아오자 총독부 사람

들은,

"관저에서 기생놀이를 하는 사람은 자네 한 명뿐이네. 좋은 일을 시작했군. 그런데 공적으로 인정을 받으며 기생을 산 일에 대해서는 참을 수가 없군."이라며 비아냥거린다. 그럴 때마다 그렇게 말하는 사람의 뺨을 힘껏 때려주고 싶었다.

(3) 진주행

1921년 10월 중순경에 다시 나카라이 씨가 대구와 진주 쪽도 평양에 뒤지지 않을 정도로 오래된 지방이니 출장 가서 민요를 연구해보면 어떻겠냐는 내용의 편지를 보내왔다. 나도 매일 학교에 가서 단조로운 생활을 보내는 것보다는 낫다고 생각해서 바로 출장 준비를 했다. 전처럼 나카무라 겐타로 씨에게 부탁해 각 지역에 소개장을 보내고 먼저 대구에 가기로 했다. 대구의 다다무로(唯室)여관에 묵기로 하고 도청에 가보니 평양과는 전혀 다르게 말이 통하지 않을 정도로 음악에 대한 이해가 없다.

"조선의 음악을 연구해서 뭘 하느냐", "여분의 비용이 있으면 뭔가 다른 일을 하는 편이 좋지 않겠느냐", "뭐라고 …… 민요를 악보로 만든다고? 그런 일을 당신이 할 수 있나?" …… "그럼 악보가 완성되었다고 해서 어디에 사용하느냐", "총독부에서 통지를 받았으니 어쩔 수 없다. 모든 일은 경찰에게 맡길 테니까 경찰한테 가달라"와 같이 험악한 분위기라 하는 수 없이 경찰에 가니 직무상 어쩔 수 없다는 형편, 나도 이래가지고는 아무것도 할 수 없다는 생각이 들어 비관하다가 경찰의 안내에 따라 대구 검번(檢番)에 가서 평양과 똑같은 일을 당하고 다다무로 여관으로 돌아왔다. 그리고 얼마 지나지 않아 어느 장학사가 찾아와 내일 오후에 고등여학교에서 피아노를 쳐달라고 한다. 내일 아침 출발해서 금해로 갈 예정이었기 때문에 연주를 할 수 없는 사정을 이야기하자 평양에서처럼 여러 사람이 정신이 없을 정도로 줄기차게 찾아와서 더이상은 참을 수가 없어 밤 1시 정도가 되어 결국 승낙해버렸다.

다음 날 오후 1시부터 3시까지 피아노를 치고 부산행 급행을 겨우 탈 수 있었지만 별로 기분이 좋지 않았다. 도중에 하룻밤을 묵고 그 다음날 금해에 도착하자마자 마산 고등학교에서 피아노를 쳐달라는 전보를 보냈다. 금해에 간 동기는 뭔가 오래된 민요가 있지 않을까 하는 가벼운 예상을 해서였는데 군청에 도착해서 군수와 면회를 하자 "네~네~" 하며 머리만 조아린다. 별 득도 없이 금해 보통학교에 가서 교장과 만나 용무를 이야기하자 웃기만 하고 아무런 대답이 없다. 교장은 나를 도락가로 보고 금해까지 일부러 기생을 사러 왔다고 생각한 모양으로 3분 정도 이야기를 하는 사이에 늙은 교장의 얼굴색이 변하더니 상당히 신경이 흥분한 것 같더니 갑자기 책상을 치며 내 분별없음에 대해 훈계한다. 나도 할 말을 잃은 채 죄송스러워져 그대로 자리를 물러났다.

저녁 무렵에 금해의 동네를 약 30분 정도 산책하고 술집에 들어가 가수를 찾으니 기생이라기보다 갈보라는 편이 적당할만한 세 명 정도가 조선여관으로 왔다. 우선 술과 안주를 사주고 난 후 뭐라도 좋으니까 노래를 불러 달라고 주문하자 그녀들은 서로의 얼굴을 마주 보며 웃기만 하고 대답도 노래도 하지 않는다. 결국 약 40분 정도 후 그중 한 명이 돈 1원을 달라 한다. 주지 않으면 주인한테 혼이 나 돌아갈 수가 없다 하기에 각 한 명에게 1원씩 주자 세 명이 함께 돌아가 버렸다. 이런 실수는 그 후 각 지방에서도 있었다. 즉 돈만 빼앗기고 아무것도 하지 못한 일이 자주 있었다. 재미도 없고 이제 민요연구 같은 거 그만둬 버릴까 하는 생각도 몇 번이나 했는지 모르겠다.

금해에서 실수한 그 다음 날 아침 마산으로 가서 모치츠키(望月)여관에 묵었다. 마산에는 묵을 예정이 없었지만 진주행 자동차가 그 다음날만 가능하기 때문이었다. 시간이 있어서 부청에 가서 부윤(府尹)과 면회한 후 용무를 이야기하자 굉장히 기뻐하며,

"신마산 쪽에는 그런 오래된 민요를 알고 있는 사람이 별로 없지만 구마산에는 다소 있을지도 모릅니다. 마침 구마산에는 기생조합도 있으니까 누군가 알고 있는 사람이 있을 겁니다."라며 바로 경찰과 이야기하여 경찰 쪽에서 사람을 모아주기로 했다. 의외로 좋은 상황으로 일이 진전되어 나도 놀랐다. 그리고 오후 3시 반경에 안내를 받아 구마산 기생조합에 갔다. 경찰 쪽에서도 부에서도 조선인이 안내해서 그런지 어처구니없을 정도로 아무 노래나 너무 많이 주문해 나도 할 말을 잃었다. 게다가 나중에는 나는 신경도 안 쓰고 안내한 사람들 자신들이 마치 기생을 산 것처럼 신이 나서는 순사가 장난을 치기 시작하자 나는 도망치듯 돌아와 버렸다.

그날 밤 부윤이 여관으로 와서 진주에서 돌아오는 길에 피아노를 쳐달라고 하는 부탁을 거절하지 못하고 승낙했다. 실은 피아노를 치면 그날 밤은 밤새 흥분해서 잠을 못 자서 힘이 들었기 때문에 여행 중에 피아노 연주는 절대 하지 않겠다고 결심했는데 자꾸 부탁을 받으면 거절할 수도 없어서 곤란한 경우가 많았다. 상대가 피아노 연주를 부탁했는데 거절하면 잘난체한다고 생각하는 모양이다. 이것은 늘 여행 중에 겪는 곤욕스러운 일이었다.

그다음 날 오전 11시경 진주에 도착해서 모치츠키 여관에 묵고 이전 그 경찰과 도청으로 간 다음 기생조합으로 가서 노래를 부탁했다. 도청 안내를 하는 어느 조선인 장학사는 나를 뒷전으로 돌리고 기생과 장난치느라 돌아갈 때 인사를 한지도 모를 정도로 푹 빠져있어 놀랐다.

저녁식사를 마치고 산책을 하려고 하는데 계단 밑에서 여러 사람들의 목소리가 들렸다. 아마 연회라도 있는 모양이라고 생각하고 계단을 내려가려고 하자 네다섯 명이 왔다. 그중 두 번째 신사가 갑자기 나에게,

"처음 뵙겠습니다. 저희들은 도청의 학무과 사람인데 잠시 부탁드리고 싶은 일이 있어 찾아왔습니다. 실은 보시는 바와 같이 불편한 점이 많은 시골이라서 음악가들이 쉽게 오시지 않습니다. 정말 갑작스러운 부탁이지만 진주교육자들에게 오르간을 쳐주지 않겠습니까? 피아노 같은 것은 이 지방에는 없으니까요. 교육자 사이에서는 다소 음악에 관심을 가지고 계시는 분들도 있습니다. 저희가 노래를 부를 테니 그 반주를 부탁드리고 싶습니다.

정말 사람을 우습게 보는 이야기이다. 그렇게 갑자기 10분이나 15분 사이에 —— 전혀 준비할 시간도 없을 정도로 급하게 오르간을 치라니, 서양 음악가라면 두말할 필요도 없이 거절했을 게 분명하다. 아무튼 아직 음악가를 이해하지 못하는 사람들이라 그

러려니 하고 승낙한 후 모임장소로 가보니 부서진 오르간을 중심으로 모인 사람이 약 100명, 게다가 오르간이 부서져서 중간 중간 소리가 나지 않는 건반도 있다. 이제 어쩔 수 없다. 오늘 밤은 그들이 요구하는 대로 해주자고 생각하고 여러 가지 주문을 받아 하나씩 하나씩 치고 있는데, 감회가 복받친 것 같은 어떤 여교사가 갑자기 일어나 성큼성큼 나에게로 와서 노래를 하고 싶으니 반주를 해 달라고 한다. 노래는 카르멘의 시작 부분이었다. 그럼 만족스럽게 노래를 할까 싶었는데 역시 생각대로 중간 부분부터 카르멘이 일본 유행가가 되었다가 소학교 창가가 되었다가 결국에는 기미 가요풍이 되면서도 그럭저럭 불렀다.

한 곡으로 끝내면 좋으련만 손을 보니 두세 곡을 들고 있는 것 같아 나는 무심결에 "이런 곤란한데. 모두 이렇게 하는 겁니까? 벌써 11시도 되었으니까 오늘 밤은 여기서 끝냅시다."라고 해도 도저히 듣지를 않는다. 백 명이나 되는 사람이 좁은 홀에 갇혀있으니 담배 연기와 사람들의 입김으로 머리가 지끈거리기 시작했다. 아무래도 참을 수가 없어서 결국 음악만은 하지 않기로 했다. 다음에는 아메리카의 이야기를 들려달라고 하는 주문이 있어서 약 1시간 정도 아메리카 사정에 관한 질문에 답하기로 했다. 다 끝난 것은 1시쯤이었다. 그날 밤도 잠이 오지 않아 괴로워서 다음

날 이른 아침에 마산으로 돌아왔다.

마산에 도착했는데 여기저기에 수많은 팸플릿이 붙어있어서 깜짝 놀랐다.

"이시가와 요시카즈 씨가 오늘 저녁 8시. 고등여자학교 강당에서 음악회 개최. 입장료 무료. 일반인 환영"

어젯밤의 피로를 풀고 싶어 될 수 있는 대로 사람들의 눈을 피해 자동차에서 제일 먼저 내려 인력거를 타고 모치츠키 여관에 도착했다. 몸이 아프니까 면회는 일제 사절한다는 내용을 일하는 사람에게 엄하게 명하고 방으로 들어가자마자, 고등여학교 선생님 두 명이 나란히 들어와 오늘 밤 음악회에 대해 상담하고 싶다고 한다. 프로그램만을 주고 모든 일은 상대가 말하는 대로 맡기고 이불을 깔아달라고 하여 저녁까지 푹 잤다.

그날 밤 프로그램이 진행되면서 피아노 소리가 점점 안 나게 되고 세 번째 곡을 칠 때에는 중앙에서 왼쪽 방향의 건반이 모두 주저앉아 버렸다. 나도 난처해져 음악회를 그만두는 것 밖에는 방법이 없다고 어떤 여학교의 선생님에게 말하자, "그렇다면 선생님 소리가 나는 부분만이라도 해 주세요." 나도 이 대답에는 할 말이 없어져 더 이상 뭐라고 말할 용기가 나질 않았다. 피아노를 보니 피아노가 놓인 바닥이 약하고 수평이 아니기 때문에 소리가 나지 않는 건반이 생기는 것으로 결국 프로그램 중간 정도에서 음악회를 중지할 수밖에 없었다. 나도 안타까웠지만 어떻게 할 방법이 없었다.

이번 여행은 민요연구인지 무료연주 여행인지 뭐가 뭔지 모를 여행이었다. 부아가 치밀어 자포자기가 되어서 돌아왔다.

* 石川義一, 「朝鮮民謠の研究の旅」, 『朝鮮及滿州』, 1925年 9月.

아이들은 음악에 민감, 레코드는 엄선하자

다카야마 미사코(高山眞砂子)

최근 아동의 가정교육에 대한 관심이 높아지고 있습니다. 일반 가정에서도 신중해지고 있는 모습을 많이 볼 수 있습니다. 특히 아동에게 줄 도서의 내용을 먼저 읽어보고 난 후 아이들에게 건네주는 등 신중해지고 있는 점은 가정교육의 큰 진보라고 생각합니다. 그런데 읽는 일에는 신중한 가정에서도 음악, 특히 축음기와 레코드를 선택할 때에는 신중하지 못한 가정이 많은 것 같습니다.

이미 알고 있는 바와 같이 아이들은 음악에 매우 민감합니다. 그렇기 때문에 예를 들면 성악 속에 담긴 말의 의미를 전혀 몰랐던 시대일수록 더욱 이러한 점에 대해 생각했습니다. 즉 음악의 리듬에 따라 어린 아동이 전신을 리드미컬하게 움직이는 예는 자주 볼 수 있을 것입니다.

이렇게 민감한 아동에게 선별하지 않은 채 요즘 유행하는 속악한 음악이나 가요를 들려주는 일은 큰 실수를 범하는 일이라고 생각합니다. 이는 아동을 위해 듣는 레코드만이 아닌 어른을 대상으로 한 레코드도 마찬가지로 듣는 사람이 반드시 어른만이 아니라는 사실을 고려하여 곡과 가사를 고를 때에는 신중하게 선택하는 것이 바람직하다고 생각합니다.

*高山眞砂子,「子供は音樂に敏感 レコードは嚴選せよ」,『朝鮮公論』, 1932年 2月.

시대는 귀의 문화로

치바 가메오(千葉龜雄)[10]

종래 문화는 주로 눈의 문화였다. 그렇지만 앞으로의 문화는 주로 귀의 문화로 전개해 갈 것이라고 믿는다.

예를 들면 그라프 체펠린 비행선이 세계를 일주할 수 있었던 이유는 무엇이었을까? 저기압의 위험을 잘 피해서 목적을 달성한 것은 말할 필요도 없고 각지에서 방송된 라디오를 통한 기상관측을 기본으로 해서 솜씨 좋게 위험을 피하여 안전한 코스로 나아갈

---

10) 치바 가메오(千葉龜雄)[1](1878.9-1935.10) : 평론가이자 저널리스트. 국민신문(國民新聞), 요미우리신문(讀賣新聞), 시사신문(時事新報), 도쿄일일신문(東京日日新聞) 등에서 근무. 신감각파를 명명한 사람으로 알려져 있다.

수 있었기 때문이다.

귀의 문화라는 것을 생각할 때 가장 절실하게 느끼는 점은 오늘날 사용되는 우리나라의 국어이다. 나는 국어 조사회의 일원으로 조사회의 목표는 한자폐지라고 주장한다. 이 한자라는 것은 말할 필요도 없이 눈의 문화의 소산이고 한자는 눈이 아니면 결코 이해할 수 없기 때문에 이것이 귀의 문화시대에 적응할 수 없다는 사실은 지극히 명료하다.

귀의 문화시대는 동시에 스피드시대이다. 정확하고 빠른 것을 원칙으로 하여 이해하기 쉬워야하는 점도 중요하다. 따라서 오늘날 국어와 한자가 만들어온 국어야말로 긴축할 필요가 있다.

문자는 귀로 들어 바로 알 수 있는 문자, 국어는 귀로 들어 바로 이해할 수 있는 국어, 듣는 행위에 주안점을 둔 것이 귀의 문화시대의 조건이다. 우리나라의 국어문제는 앞으로 다가올 귀의 문화시대에 맞추기 위해 우선 한자를 폐지하고 국어를 정리해야 한다고 생각한다.

* 千葉龜雄, 「時代は耳の文化へ」, 『朝鮮公論』, 1930年 1月.

가요를 통해서 본 만주국 풍경

이번에는 방향을 전환해서 매력적인 부분을 엿보자. 아니 매력적이라기보다는 우스꽝스러운 결혼 풍경이라든지 딸의 생활을 엿본다는 편이 맞을 것이다. 흔하디흔한 에로 풍경보다도 만주 특유의 그로테스크한 느낌이 많이 난다는 점에서 흥미를 부른다.

  ▲ 나는 17살의 처녀였는데 21살이 되어 시집을 왔다. 남편은 겨우 10살인 코흘리개 꼬마. 나는 남편보다 11살이 많다. 매일 둘이서 우물가에 물을 길으러 가는데 물통을 멘 한쪽 어깨가 삐뚤어져 주위에 창피해서 그냥 확 남편을 우물 속으로 밀어 죽여 버리고 싶다. 그러나 시아버지와 시어머니의 친절함을 생각하면 그런

65

말도 안 되는 일을 저지를 수가 없다.

조선 등지에서도 자주 볼 수 있는 아내가 연상이라는 벼룩 부부로 이렇게 되면 자식을 위한 결혼인지 부모를 위한 결혼이지 알 수가 없다.

▲ 꼬마가 앉아서 훌쩍훌쩍 울고 있다. 아내를 갖고 싶다고 울고 있다. 아내를 얻어서 뭘 하려고? 저녁이 되면 불을 붙이고 이야기 상대를 하고 날이 새면 불을 끄고 같이 잘 거야. 아침에 일어나면 내 머리를 땋아 주는 거야.

아내는 빨리 얻는 편이 좋다고 믿고 있는 데에는 철이 없는 아이가 어리광을 피울 엄마와 누나를 얻는 기분으로 부인을 원하는 마음도 있을 것이다. 아내야말로 달갑지 않은 일이다.

▲ 시골 처녀를 아내로 맞았다. 표주박과 같은 얼굴을 하고 방울처럼 두꺼운 입술. 살구 같은 작은 눈에 버드나무 잎처럼 두꺼운 눈썹. 이야기를 하면 웃음이 터질 것 같다고

▲ 쇠박새는 꽁지 깃털이 길다. 아내를 얻으면 할머니는 방해꾼. 할머니는 등에 업고 산속에 가서 버리고 귀여운 아내를 상좌에 앉혀 맛있는 떡을 만들어 설탕을 넣어 자~자~ 조금 먹어 봐.

하나는 부모의 뜻대로 아내를 정해버리는 풍습에서 온 빈정거림이기도 하고 그리고 무섭고 이기적인 그들의 배 속을 갈라보는

노래라고 한다. 노모를 버리는 산(姨捨山)과는 다른 의미이다. 하는 김에 나태하고 무능한 며느님을 노래한 예도 들어보자.

▲ 강아지가 뒹굴뒹굴하며 기어 다니고 있다. 할아범한테 분을 사 오라고 시켜서 분을 사 와도 바르는 방법을 모른다. 베옷을 사 오라고 시켜서 베옷을 사 와도 끈이 없는 쪽을 모른다. 냄비를 사 오라고 시켜서 냄비를 사와도 씻는 방법을 모른다. 고기를 사 오라고 시켜서 고기를 사 와도 자르는 방법을 모른다. 결국 할아범을 거지로 만들었다.

▲ 우리 집에는 게으른 며느리가 있다. 밥은 많이 먹지만 냄비를 씻는 일을 싫어해 아이를 안고 근처에 잡담을 하러 간다. 해가 질 때까지 수다를 떨다 돌아와 냄비를 개에게 핥게 하려고 하는데 개도 핥지 않는다. 고양이에게 핥게 하려고 해도 고양이도 핥지 않는다. 철썩하고 고양이의 얼굴을 세차게 때린다.

부모의 뜻대로 결혼을 정한 이유로 여러 가지 모순도 생겨나는 법인데, 다음에는 이런 내용의 노래를 소개하겠다.

▲ 나이가 꽉 찬 딸. 아직 결혼을 못 했다. 아버지와 어머니는 너무 심해. 어느 날 밤 나는 꿈을 꿨다. 내가 아이를 낳았다. 그 아이는 피부가 하얗고 빨간 볼에 검은 머리칼 정말 귀여운 아이였다. 그런데 하인을 시켜 마을에서 포대기를 사오게 하여 아이를

포대기로 말아서 깊은 구멍을 파곤 거기에 묻어 버렸다. 묻은 아이에게 …… 너는 엄마가 결혼할 때까지 여기에서 기다려. 3년이 지나면 다시 돌아올게. …… 라고 말했다.

▲ 강아지야. 너는 집을 지켜. 나는 남쪽 정원에서 베를 짤 거니까. 두 근의 베도 다 짜지 못했는데 강아지가 멍멍하고 짖기 시작했다. 누군가 왔나 봐. 아 중매쟁이가 왔다!

▲ 풀 더미 위에선 수탉의 의기양양한 태도 어머니는 아직 나에게 아내를 얻어주지 않는다. 말을 꺼내면 17살 18살의 처녀를 이야기하는데 내가 좋아하는 처녀는 나를 마음에 들어 하지 않아 도망가 버리니까, 결국 변변치 못한 것들만 남아있다.

하나는 혼기가 늦어져 부정한 아이를 임신해 갓난아기 살인죄를 범한 장면을 풍자한 것. 둘은 과년한 딸이 중매쟁이가 왔는데 가슴이 쿵쾅거리는 장면. 셋은 다른 해설이 필요 없을 것이다. 마지막으로 공리 사상이나 궁핍한 생활을 단적으로 표현한 노래를 열거해 보자.

▲ 쌀가루 같은 눈이 계속 내린다. 장작이나 쌀은 비싸진다. 걸상의 다리까지 태워버렸다. 세탁 봉이 벌벌 떤다.

▲ 올해는 운이 좋은 해. 논밭을 많이 사들였다. 복신이 내려와서 돼지를 기르면 소처럼 커져 머리만 30근. 게다가 기름이 40근

이다. 햄이나 고기를 집 한가득 매달아 놓고 경사스러운 새해를 맞이하자.

▲ 너덜너덜한 소달구지. 거치적거리는 고삐. 마른 풀 베어서 뚜껑으로. 꼬마는 모자를, 딸은 비녀를, 어머니는 떡에 찍어 먹는 빨간 설탕을, 여편네는 요리하는 칼을, 모두 설날의 주문이다.

▲ 곧 기쁜 설날. 딸은 비녀를, 아들은 폭죽을, 아버지는 모자를, 어머니는 전족(纏足)의 끈을, 모두 설날 준비를 신랑에게 조른다.

마지막으로 예를 든 세 편은 농가의 연말 풍경을 여실히 노래한 것이지만 그중 하나는 안정된 부잣집에서 기쁘게 새해 맞을 준비를 하는 풍경이 그려져 있다. 하지만 이 한편 외에는 가난한 농가 12월의 분주한 마음이 넘친다.

* 朴念仁, 「歌謠を通じて見た滿洲國風景」, 『朝鮮及滿洲』, 1933年 5월.

2부

●

민요와 가요곡

민요라는 것은

미시마 리우(美島梨雨)[1]

　민요는 민족의 가요이고 그 시대마다 나타나는 민족 고유의 보편적인 생활감정을 '요(謠)'로 노래한 것이다. 따라서 불리는 노래는 항상 한 시대 사람들의 마음과 통하는 진실한 목소리이고 외침이며 또는 탄식이기도 했다. 그리고 이러한 노래는 항상 그 시대를 있는 그대로 소박하게 표현하고 있어서 다양한 민요를 통해 그 민요가 생겨난 시대의 인간생활과 사회감정, 또는 인정풍속을 상상할 수 있다.

---

1) 미시마 리우(美島梨雨) : 시인, 1928년 『포푸라(ぽぷら)』라는 시집을 조선에서 간행했다.

그럼 민요를 문자로 볼 경우에는 어떤 위치에 있을까? 민요는 가요(歌謠)의 한 부분이니 우선 가요의 정의를 간단하게 설명하기로 하겠다.

가요는 음악을 수반하는 구승문학이며 좁게는 '노래하는 것'이라는 의미와 넓게는 '노래하는 것'과 '이야기 하는 것'을 합쳐 말할 수 있는데, 같은 구승문학이더라도 <태평기독(太平記讀)>이나 <강담락쿠고(講談落語)>는 박자와 곡절이 전혀 없기 때문에 가요라고는 하지 않는다. 즉 음악적 요소의 유무에 따라 가요라고 할 수 있는지 없는지를 규정한다. 그리고 민요의 정의라는 것은 따로 정해져있지 않지만 여러 가지 자료에 대해 조사해 보고 나의 민요 감각을 섞어 글을 써나가기로 하겠다.

민요에 대해 영국의 민요협회에서는 "민중에게서 생겨나고 민중에 의해 그들의 정감을 표현하는 송과 멜로디"라고 한다. 일본 민요연구의 권위자 후지자와 모리히코(藤澤衛彦)[2] 씨는 일본 민요에 대해 "일본민요는 일본민족이라는 한 덩어리의 사상과 감정 사이에 조성되는 순진한 정감을 표현하는 민중의 가요이다. 또한 그 시대에 어울리는 말과 가사로 쓰인 시 형식과 향토 풍속에 어울리는 리듬으로 부르는 곡조 속에서 자연스럽게 구축된 민중의 가요

---

[2] 후지자와 모리히코(藤澤衛彦)(1885-1967) : 소설가, 민속학자, 1914년에 일본전설 학회를 설립했다.

이다. 따라서 언제라도 그 시대 많은 사람들의 마음을 통하게 하고 그들의 정서와 사무치게 닿아 그들의 문자가 되고 음악이 된 것"이라고 한다. 또한 기타하라 하쿠슈(北原白秋) 씨는 "민요는 표면에서는 순수한 그들의 말로 노래되는 것이고, 그 본질은 항상 그들의 감정이어야 한다."라고 한다.

또한 지난해 간행된 신조사(新潮社) 일본문학 사전에는 "지방의 민간 사이에서 행해지는 가요로 본래 민요는 민족의 가요이다. 두 말할 필요도 없이 그 시대마다 민족 고유의 보편적인 생활감정을 표현하는 데에 민요의 진정성과 소박함이 있다. 그 이유는 민요의 가어(歌語)와 형태는 늘 시대에 순응하며 그 진수에는 고금을 통해 일관되어 온 민족의 정신인 지극히 순수하고 토속적인 야조(野調)가 있기 때문이다. 이 민중의 목소리였던 일본 민요도 메이지유신 이후 대부분은 지방색과 야조를 잃고 속요화(俗謠化)되었다. 현재 말하는 민요는 신민요로 예로부터 전해오는 일본 민요와는 구별해야 한다."라고 기술되어 있다. 실제로 지금 만들어지는 민요는 옛날부터 남아있는 민요와는 정취와 생명이 다르다는 것을 알아야한다. 그리고 지금부터 내가 쓰는 민요는 주로 옛날부터 남아있는 일본 민요라는 점을 미리 말 해 두고 싶다.

앞서 참고할 겸 미리 두세 개의 민요적 느낌에 대한 예를 들었는데 이들을 통해 알 수 있는 것과 같이 민요는 가사도 멜로디도 모두 향토성을 가지고 있고 스타일은 소박하며 자연스러운 시골 정취가 풍부하다고 할 수 있다. 또한 현재까지 남아있는 민요는 모두 그 시대마다 사람들의 마음속 깊이 스며들어 자연스럽게 노래로 전해져온 만큼 예술적 가치가 있다. 그래서 쉽게 질리지도 않는 영원성을 가지고 있어 지금에 와서 더욱 현대인에게 애창되는 것이다. 그러나 무수하게 태어난 민요 중에 나쁜 것은 계속 잊히고 버려져 좋은 것만 (다수의 공감을 얻은 민요) 전해져왔는데 남아있는 민요의 대부분은 작자를 알 수 없는 것들뿐이다. 그 이유는 어떤 지방의 향토로서 자연스럽게 민중 사이에서 노래되고 다음 세대로 전해지며 퍼져왔기 때문이다. 물론 작자가 있기야 했겠지만 그러한 작자는 누구라도 좋았기 때문에 누구나 공감하는 향토 민중의 시대 감정을 대표하는 요(謠)만이 대중에게 직접 수용되어 노래로 전해진 것이다. 이렇게 해서 대부분의 민요가 현대에 남아있는 것인데, 옛날부터 전해지는 민요에 대해 민요가 갖춰야 할 조건에 대해 생각해 보면,

하나. 리듬이 꼭 필요하다.

둘. 소박하고 대중의 가슴과 직접 융합할 수 있어야 한다.

셋. 그 시대 사람들의 마음에서 나오는 공통적인 외침이어야 한

다.

넷. 저급하고 속조(俗調)여서는 안 된다.

다섯. 지방색(향토색)을 많이 가지고 있어야 한다.

여섯. 한 개인의 좁은 개성의 표현이어서는 안 된다.

일곱. 너무 독선적이면 안 된다.

여덟. 가사가 비교적 평이해서 누구라도 친근해 질 수 있어야 한다.

등이 꼭 필요한 조건인 모양으로,

하나인 리듬이 필요하다는 말은 민요는 노래되는 점이 생명이기 때문이다.

둘인 소박하다는 점은 너무 장식적이면 대중과 친근해질 수 없기 때문이다.

셋인 그 시대 사람들의 마음과 통해야 한다는 이유는 노래의 생명을 지킬 수 있을지 없을지 라는 점에서 중요하기 때문이다.

넷인 저급한 속요가 안 된다는 이유는 민요는 훌륭한 문학이고 시 예술이기 때문에 예술적 향기가 부족한 것은 아무래도 질릴 수 밖에 없기 때문이다.

다섯인 지방색이 필요하다고 하는 것은 향토를 연상시키고 또한 향토를 가지고 있다는 점이 그 노래의 향기를 높이고 생명을

원대하게 하기 때문이다,

일곱인 무턱대고 독선적인 것은 대중과 친근해질 수 없는데 그것은 민요의 발상지라 할 수 있는 민중이 비교적 문학적 소양이 부족한 계급이기 때문이다.

여덟은 설명을 필요로 하지 않을 것이다.

이러한 점들이 민요를 갖추는 조건으로 들 수 있는 것들이다.

다음으로 민요의 형식인데 형식에는 여러 가지가 있지만 딱히 정의는 없다. 오칠, 오칠조도 있지만 오오, 칠오조도 있고 오사, 오사 등 여러 가지가 있어 잡다한데 중요한 점은 가사의 내용에 어울리도록 불렀다는 것이다. 대부분 유장하고 애조를 띈 노래가 남아있는 이유는 인간의 감정이 기쁨보다 비애에 훨씬 강하게 움직이기 때문이다. 이는 지극히 자연스러운 현상이다. 외국의 어느 시인이 "시인은 민중의 대변자"라고 했는데 이 말은 특히 민요의 경우에 딱 들어맞는다.

내 친구 우에무라 다이(植村諦)[3](이전에 조선 및 만주 기자를 한 적이 있다)의 민요에

　　　나라를 위해서라고

---

3) 우에무라 다이(植村諦)(1903-1959) : 쇼와시대 시인.

입으로는 말하지만
죽은 그 사람은
돌아오지 못 하네
가슴을 치는
저 만세소리도
쓸쓸히 혼자서 듣네.

라는 시가 있는데 이것은 <미망인>이라는 작품으로 같은 처지에 있는 많은 사람들의 외침일 것이다. 쓸쓸하게 체념한 말 저변에서 파도치듯 흐느껴 우는소리가 절절히 가슴에 저미는 것 같다.

　또 근대 민요의 대표적인 것에 요코세 야우(橫瀨夜雨)[4]의 <오사이(おさ)>라는 시가 있다.

남녀가 둘이라도 쓰쿠바(筑波)산에
안개가 끼면 쓸쓸한데

사도(佐渡)의 작은 새들 무리 짓는 저녁
야히코(弥彦)바람도 춥겠지

에치고(越後)를 나와 히다치(常陸)까지
먼 길 울면서 오지 말라고

---

4) 요코세 야우(橫瀨夜雨)(1878.1-1934.2) : 시인, 가인.

아직 젊고 예쁜 달님
아버지 그리운데 안 될까요

미쿠니(三國)언덕 샛길을
넘어서 돌아오면 몇 시일까

여동생을 밧줄로 등에 묶고
장작을 줍고 있는데

오사이 저거 봐 에치고에서
누군가 왔다며 장난을 치고

야히코(弥彦)산에서 본 쓰쿠바 봉우리
지금은 산기슭에서 울 줄이야

불안함에 나와 산을 보니
눈이 안 내린 산은 없구나.

이 시는 오사이라 불리는 여성을 그린 것인데 시의 배경에 있
는 쓰쿠바 산의 모습을 조금 색다른 애감(哀感)으로 연상하게 한다.
역시 거장의 작품에는 고개가 숙여진다. 이 두 개의 시는 소위 신
민요인데 둘 다 예로부터 전해지는 민요에 가장 가깝다고 생각해
서 소개했다.

그러면 옛날부터 전해오며 많은 사람들에게 알려져 불리고 있는 민요에 대해 조금 써보려고 한다. 저 유명한 <오이와케부시(追分節)>는 지금도 뱃노래로 여겨지는데 실제로는 그 반대로 산속에서 태어난 마부의 노래이다. 이 노래는 신슈(信州) 오이와케쥬쿠(追分宿)가 발상지이지만, 앞서 언급한 바와 같이 저절로 전파되는 것이기 때문에 어느새 신슈에서 에치고로 이동해 <에치고오이와케(越後追分)>가 되었다. 그리고 쓰가루(津輕)해협을 건너 <에사시오이와케(江差追分)>가 된 것이다. <시나노오이와케(信濃追分)>의 단순하고 소박한 가사와 유장한 곡조는 홋카이도의 황폐한 땅에서 단련되어 더욱 유장하고 아름다운 멜로디가 되었다고 한다.

<적어도 고개 차방(茶房)까지만 이라도(せめて峠の茶屋までも)>이 노래에는 이별하는 정을 유감없이 발휘하고 있어서 절절하게 가슴을 저미는 슬픔이 넘친다.

> 물가에서 보라
> 아사마(淺間)산에서
> 오늘 아침에도 연기가
> 세 줄 오른다.

와 함께 <시나노오이와케>의 대표적인 노래로 그 지방의 기분이 농후하게 나타나고, 그 그늘에 있는 인정의 기묘한 사정을 잘 표현하고 있는 것도 있다.

오라고 해도
돌아가도 될까 사도(佐渡)로
사도는 사십구리 바다 저 편
기타야마(北山) 비 내리고
에치고(越後)는 눈인가
저 눈이 사라지지 않으면
만날 수가 없네.

두 편은 <에치고오이와케>인데 이 또한 앞서 말한 <시나노오이와와케>와 같이 지방색이 농후하고 민요가 생겨난 시대의 인정과 지방의 상황을 엿볼 수 있다.

띠도 도카치(十勝)에
그대로 네무로(根室)
떨어지는 눈물은 호로이즈미(幌泉)

이 시는 <에사시오이와케>인데 향토의 지명을 넣어 정말 훌륭한 시조를 만들고 있는 점에 주목해야 한다. 이와 같이 오이와케는 어느 것을 봐도 향토적인 향기가 강하고 가슴에 저미는 애조를 띠고 있다.

다음은 야수기부시(安來節)와 함께 이즈모(出雲)지방에서 유명한 민요 <세키노 고봉마츠(關の五本松)>(이것은 원래 뱃노래이다)에 대해서 쓰려고 한다.

지금으로부터 130년 정도 전에 마츠에(松江)의 영주가 시찰을 하는데 미호노 세키(美保の關)에 있던 다섯 그루 소나무 중 하나가 길을 방해해 신하에게 명령해서 베어버렸다. 그런데 그 고봉마츠는 그 지역 어부들이 바다에서 돌아올 때 표식으로 삼기 위해 심었던 나무이다. 그 나무가 잘린 사실을 안 어부들은 한탄하고 슬퍼했다. 그 한탄과 슬픔이 어느새 이 가련한 가사가 되었고 슬픔이 절절한 어부들 사이에서 불린 것이다. 이렇게 해서 민요가 태어난 이유를 알고 부르면 한 층 더 애절함이 스며든다.

세키노 고봉마츠
한 그루 자르고 네 그루
나머지는 못 자르네
부부 소나무

모두 슬퍼하네
저 빛은 세키(關)인가

세키는 좋은 곳
고봉마츠

이상 오래전부터 전해지는 민요가 어떤 것인지에 대해서는 대충 설명했다고 생각한다. 민요는 항상 어느 시대마다 민족과 함께 해 온 노래로 민요가 얼마나 그 시대 대중의 정서를 풍요롭게 하고 정감을 부여했는지는 상상하기 어렵지 않다. 민요는 항상 태어나야 할 필연성을 가지고 태어난 것으로 민중의 대변자로서의 역할을 하며 높은 존재가치를 가지고 있다고 볼 수 있다.

나는 학술적으로 민요를 연구하고자 하는 사람이 아니다. 민요를 통해서 그 민요가 태어난 시대의 인정이나 향토의 모습과 같은 것을 가슴에 그려보는 일을 좋아해서 오래된 여러 가지 민요를 찾아다니며 혼자서 조용히 감상한다. 내가 만약 돈과 시간적인 여유가 있다면 민요 여행을 마음껏 하러 다니고 싶다. 이것은 내게 있어 큰 소망임을 적고 이 민요 감상을 마치겠다.

이 잡담처럼 쓴 글이 조금이라도 민요를 감상하는 사람들을 위한 길잡이 역할을 해 준다면 필자의 기쁨은 그 걸로 충분하다.

* 美島梨雨, 「民謠とは」, 『朝鮮及滿洲』, 1939年 12月.

민요의 사회성

다나카 하츠오(田中初夫)[5]

오늘 우리들은 민요라는 말을 사용하고 있지만 이 말은 매우 부정확한 것이라고 생각합니다. 민요라는 말을 우리나라 문헌에서 가장 처음 보이기 시작한 것은 아주 최근의 일이고 메이지 이후 영어로 말하는 포크송(Folk Song)……시골의 민중 노래라고 번역하는데 이런 의미를 가지고 있습니다. 일본에서 이 포크송을 수입하여 '민요'라는 매우 그럴듯해 보이는 이름을 붙였습니다. 원래 민요라는 이름은 지나의 오래된 문헌 속 육조시대에 나타나있기 때

---

5) 다나카 하츠오(田中初夫)(1906-?) : 자세한 이력은 알 수 없으나, 1941년 9월에 신체제의 정당성과 내선일체의 필요성을 선정하고 선동하는 재조일본인시인 중심의 계간지 『국민시가(國民詩歌)』 발간에 참여한다.

문에 이런 점으로 미루어보면 오래된 말임에는 틀림없습니다. 그렇지만 실제로 사용된 것은 최근의 일이고 게다가 옛날 말의 의미로 사용되고 있지 않습니다.

이 민요라는 말이 가진 정의가 무엇인지에 대해서는 많은 민요 시인이 여러 가지 정의를 내리고 있습니다. 노구치(野口) 씨, 기타 하라(北原) 씨, 사이조(西條) 씨 등 각자의 입장에서 정의를 내리고 있지만 이들의 정의를 종합해보면 결국 "민중의 감정을 표현한 노래"라는 결론일 것입니다. 그러면 민중의 감정을 표현한 노래가 요(謠)이고, 개인의 감정을 표현한 노래가 예술적인 시(詩)라는 이야기이니까 이 생각도 괜찮긴 합니다. 나도 이 생각의 어떤 점은 타당하다고 보지만 민중의 감정을 노래한다면 모든 사람들이 통하는 감정으로 누구라도 알기 쉽고 어떤 사람이라도 부를 수 있는 노래여야만 합니다. 그런데 민요에 대해 곰곰이 생각해 보면 하나의 민요가 반드시 모든 사람들의 감정과 통한다고는 할 수 없습니다. 예를 들면 농민이 부르는 노래는 어민의 감정과 일치하지 않고 어민이 부르는 노래 또한 광부의 감정과 딱 맞는다고 할 수 없습니다.

게다가 민요라는 말속에는 포함되는 사람과 포함되지 않는 사람이 있는데, 이것이 유행가입니다. 이 유행가의 성질을 생각해보면 민요의 부류에 포함되는 것처럼 보이거나 또는 포함되기 어려운 것처럼 보이기도 합니다. 이 점을 생각해 봤을 때 민중의 감정을 노래하는 민요라는 말의 정의에는 많은 주석을 달아야만 합니다. 그래서 지금 이 주석에 대해 말씀드리고 싶습니다.

이미 민요는 민중의 감정을 노래하는 노래인 이상 우리들 개개인이 가진 감정이 아닌 모든 사람들을 하나의 단위로 놓고 생각해야 합니다. 그렇게 하지 않고 각각의 사람들이 소속된 일의 성향에 따라 나누면 방금 말씀드린 것처럼 농부의 노래라든지 어부의 노래라든지 등으로 나눌 수 있지만, 이를 통해 더욱 본격적으로 …… 라기보다는 오히려 심리적인 부분을 생각해보고 모든 사람들이 같은 감정을 가진다면 이라는 전제하에 감정이라는 의미를 잠시 생각해 보려고 합니다.

우리가 민요를 부르는 이유는 기분이 좋아지기 때문입니다. 그리고 민요를 통해 자신의 생각을 밖으로 표현하려고 합니다. 그러나 자신은 작가가 아니라서 창작은 할 수 없다고 하면서도 이러한 창작의 씨앗이 생기면 스스로 불러 봅니다. 이를 통해 자신의 창작욕을 만족시킵니다. 그러나 소위 예술적인 시는 작자가 자신의 감정을 가지고 자유롭게 씁니다. 예를 들면 여기에 물이 있습니다. 이 컵의 물을 우리들은 차갑다고 합니다. 이 차갑다는 말은 모든 사람들이 느낍니다. 그런데 어떤 신흥 시인에게 물으면 컵의 물이 차갑다기보다 어떤 다른 감각을 가지고 이 물을 받아들일지도 모릅니다. 극단적인 예를 들자면 이 물은 덥다고 느낄지도 모릅니다. 이런 경우 신흥 시인이 틀린 걸까요? 하지만 이러한 개개인의 자유로운 감정의 세계가 있는 한 우리들은 신흥 시인의 감정을 부정할 수 없습니다. 그 사람이 그렇게 느낀다면 거기에 대해 우리들은 불평을 말할 수는 없는 것입니다.

얼음과 같은 경우도 생각해보면 이해하기 쉬울지 모르겠습니다. 얼음은 차갑지만, 순간적으로 덥다고 느낄 수도 있습니다. 이러한 개인적인 감정이 아닌 모든 사람들이 공통적으로 느끼는 추상적인 감정을 나타내는 단어 즉 '차갑다'는 단어라면 그 단어를 통해 민중 각자가 생각할 수 있는 다양한 정서를 노래할 수 있는 것입니다.

여기에 물의 차가움을 '검과 같은 차가움', '바늘과 같은 차가움' 단순히 '차가움'이라는 세 가지 표현으로 제시한다면 우리들은 단순한 '차가움'이라는 단어보다 더 많은 상상을 자유롭게 할 수 있을 것입니다. 검처럼 또는 바늘처럼 차갑다고 한정 지어 버리면 그 이상으로 자신의 감각을 자유롭게 움직일 수 없게 됩니다. 검처럼 또는 바늘처럼 차갑다는 말은 대부분의 경우 각 개인만의 감정입니다.

이렇게 생각해보면 가사로 보는 민요는 추상화된 하나의 말로 부르는 노래입니다. 그런 말을 기본으로 자신의 감정을 담은 노래입니다. 시인이 자신의 감각으로 시를 창작하는 행위와 같이 민요는 하나의 추상화된 말과 감정에 의해 생겨나서 만들어져 가는 것입니다. 다만, 말 즉 노래의 문장에는 부여되는 의미가 있습니다. 그러나 그 노래가 가진 감정의 세계는 그 노래를 부르는 순간 자신의 새로운 감정의 세계가 되는 것입니다. 우리는 이런 방법으로 민요를 부릅니다.

따라서 우리들이 민요를 부를 때에는 그 찰나적인 순간마다, 예를 들면 우리가 여기에서 <야키부시(八木節)6)>를 부르거나 <구사츠부시(草津節)7)>를 부른다고 할 때 그 노래를 부르는 가치는 누구나 같지만 그 찰나적인 감정은 자신만의 것입니다. 민요는 모든 사람들의 감정 안에서 살아가는 노래를 부른다고 하지만 실제로 우리들이 부르고 있을 때에는 개개인의 창작에 의해 노래되고 있는 것입니다.

그렇다면 민요가 민중의 감정을 노래한다고 하는 주장은 성립

---

6) 야키부시(八木節) : 군마현(群馬縣)과 도치키현(栃木縣)에서 사랑받고 있는 속요(俗謠).
7) 구사츠부시(草津節) : 군마현의 구사츠부시 온천 민요.

할 수 없습니다. 하지만 잘 생각해보면 지금 차갑다고 하는 추상화된 말은 순수한 개인의 감각이 아닌 우리 모두가 가진 개념입니다. 다시 말해서 많은 사람들이 지금까지 가지고 있는 그런 감각이 추상화된 결론입니다. 이러한 감각을 추상화해서 표현한 말입니다. 내가 느끼는 차갑다는 느낌과 다른 사람이 차갑다고 느끼는 감각은 다를 수가 없습니다. 하지만 이런 차갑다고 하는 몇 가지의 경험을 통해서 감정의 공통되는 범위가 생깁니다. 즉 검처럼 또는 바늘처럼 차갑다고 해도 그 차가움은 모두에게 공통됩니다. 그러나 공통되지 않는 부분도 존재합니다. 그 공통되지 않는 부분을 우리는 개개인의 다른 감각이라고 생각하는 것입니다.

이에 대해서는 조금 딱딱한 설명이 되겠지만 개개인의 다른 부분과 공통적인 부분은 우리들이 표현하는 말에 있습니다. 차갑다고 하는 말에는 공통된 부분이 있습니다. 그러나 그 차가움을 우리가 느낄 때 개개인에 따라 다른 차가움을 느낄 수 있습니다. 물이 들어있는 컵을 잡았을 때의 차가움과 물을 마셨을 때의 차가움에는 차갑다고 하는 사실 자체는 변하지 않지만 그 차갑다고 표현하는 말의 의미는 달라집니다. 그래서 우리가 민요를 부를 때에도 똑같은 차갑다는 단어를 가지고 부른다고 해도 거기에 담긴 감정을 노래하는 순간순간마다 새로운 생각으로 노래하게 됩니다. 따라서 민요는 모든 사람들의 공통된 감정으로 노래하고, 또한 그 공통된 감정을 나타내는 추상화된 단어를 통해 작시(作詩)할 수 있는 것입니다.

<구사츠부시>는 누군가 어떤 작자가 만든 노래임에 틀림없습니다. 그러나 그 작자는 자신의 감정 또는 개인적인 감정을 표현하는 말, 즉 바늘처럼 차갑다는 표현을 사용해 노래하지 않았습니다. 다시 말해 모든 사람들이 자유롭게 상상할 수 있는 추상화되고 개념적인 차갑다는 말로 노래한 것입니다. 그래서 <구사츠부시>를 부를 때에는 그 노래가 전하는 말의 감정을 나는 느낄 수 있지만, 다른 사람은 나와 전혀 다른 감정으로 노래할지도 모릅니다. 이 감정의 자유를 허락하는 곳에 민요가 존재하는 의미가 있다고 생각합니다. 만약 그렇지 않다면 우리는 개인의 예술 작품을 읽지 않을 것입니다. 민요의 필요성은 없어지게 됩니다. 그 말의 의미가 이미 한정되어 있다면 작자에게 예술을 만드는 기회를 주지 못하게 됩니다. 민요는 이런 기회를 주기 위해 존재하는 노래입니다. 이렇게 생각해보면 민요는 민중의 느낌을 노래한다는 의미가 명확해집니다. 나는 이 점을 통해 민요는 감정의 공통권에 있다고 말하고 싶습니다.

그럼 지금부터는 민요의 사회성 문제로 들어가 보려고 합니다.

우리들의 감정은 항상 그리고 영원히 일정하지는 않습니다. 지금 내가 느끼는 감정과 내일 느끼는 감정과는 분명 다릅니다. 이는 기분이 다르다는 것이 아니라 느끼는 해석 방법이 다르다는 것입니다. 역시 차갑다는 감각은 오늘의 차가움이나 내일의 차가움과 상관없이 차갑다는 느낌 그 자체는 변하지 않습니다. 예를 들면 민요의 많은 재료가 되는 사랑에 대한 해석도 인류가 살아있는 동안 끊임없이 등장하는 말이지만, 사랑에 대한 해석은 시대에 따라 다릅니다. 겐로쿠시대(元祿時代)의 연애 감정과 오늘날 우리들이 가지고 있는 연애 감정과는 전혀 달라야만 합니다. 민요는 그 시대의 감정 속에서 노래합니다. 민중의 감정을 표현하면서 그 감정은 한 시대의 민중이 가진 감정을 노래한다고 할 수 있습니다.

즉 겐로쿠시대의 민요는 지금 이야기 한 것과 같이 추상화된 노래로 불렸습니다. 그리고 그 노래는 겐로쿠시대의 감정을 가진 사람들의 노래로 불렸습니다. 이것이 겐로쿠시대에 있어 민요의 모습입니다. 이와 같이 현재의 민요는 오늘날의 감정을 가지고 노래하는 사람이 부르는 노래입니다. 예를 들어 군가를 인용해보면 <연기도 보이지 않고 구름도 없다(煙も見えず雲もなく)>는 꽤 유행한 노래입니다. 이 노래는 청일전쟁 당시 청국에 대해 분개하는 마음으로 불렸습니다. 그런데 오늘날 우리들이 이 군가를 부를 때

에는 단지 웅장한 기분을 고취시킬 뿐 당시의 사람들이 느꼈던 감격은 없습니다. 전쟁에 대한 흥분은 같지만 시대가 다르기 때문입니다. 따라서 민요는 시대에 따라 유행하지만 오래가지 못하는 것은 당연한 일입니다. 예를 들면 <이소부시(磯節)[8]>와 <이다코부시(潮來節)[9]>는 가세이(化政) 전후 또는 그 근처의 감정을 가지고 불린 노래이지만 메이지이후가 되면 같은 <이소부시>와 <이다코부시>라 해도 겐로쿠시대와는 전혀 다른 감정으로 불립니다. 왜냐하면 메이지 이후 물질문명의 영향으로 우리들의 마음은 에도시대의 봉건적인 감정대로 표현할 수 없기 때문입니다.

또한 연애찬미에 대해 생각해 봐도 겐로쿠시대의 사람들이 <오시치기치자(お七吉三)[10]>에서 느끼는 미와 오늘날 우리가 그들에게 느끼는 미는 전혀 다릅니다. 같은 말 같은 이야기를 노래하지만 가면도 해석도 다릅니다. 극단적인 예를 들자면 시인 사이조 야소(西條八十)[11] 씨는 "당인 오기치(唐人お吉)[12]는 …… 물론

---

8) 이소부시(磯節) : 이바라키현(茨城縣)의 대표 민요
9) 이다코부시(潮來節) : 에도시대(江戸時代) 유행가, 기원은 이바라키현 이다코
10) 오시치기치자(お七吉三) : 죠루리와 가부키 교겐의 하나로 오시치와 기치자의 연애이야기.
11) 사이조 야소(西條八十)(1892.1.15-1970.8.12) : 시인이자 작곡가, 불교 문학자.
12) 당인 오기치(唐人お吉) : 막부말기 미국 주일총영사인 하리스의 시첩이었는데 부스럼을 이유로 해고된 후 '唐人お吉'라고 차별을 받으며 불운한 인생을 살다 자살한다.

당시 유행가는 없었지만 당시는 지금보다 훨씬 봉건적이라서 당인 오기치에 대한 비난이 대단했다. 그런데 오늘날에는 오히려 오기치의 사고방식에 어느 정도 찬성하는 뜻을 보인다" …… 찬성한다는 말은 조금 지나친 표현일지도 모르지만 어쨌든 그녀에게 동정을 가지고 있습니다. 이만큼 우리들이 가진 감정의 세계가 달라진 것입니다. 그때마다 부딪히는 감정의 세계가 민요의 일시성을 생각하게 하고 동시에 유행성을 생각하게 합니다. 이것은 사회에서 유래된 것입니다. 사회가 우리들에게 부여한 감화에 따른 것이라고 생각합니다.

이렇게 사회 즉 예를 들면 봉건사회와 오늘날 자본사회와 비교해보면 사회조직이 전혀 다릅니다. 그 속에 사는 우리들의 감정 또한 다릅니다. 따라서 민요도 종래와는 다른 아주 새로운 종류여야만 합니다. 이런 감정에서 비롯되어 에도시대에는 지방 속요가 유행했습니다. 이러한 지방 속요(俚謠)는 에도시대의 것으로 그 지방마다의 특징을 명료하게 파악하고 있습니다. 이 노래는 봉건시대의 감정이 작용할 때에 많이 불렸습니다. 메이지시대에도 에도시대의 지방 <고우타(小唄)>를 부활시켜 청일전쟁 때까지는 상당히 유행했습니다. 왜냐하면 막부 말기 치열했던 검의 소리가 잠잠해지고 태평한 시대가 왔지만 봉건사회가 다음 사회로 급격하게 변하지 않고 서서히 진행되고 있었기 때문입니다. 사회가 완전히 변하면 지방 고우타로는 만족하지 못하게 되고 오늘날 우리들의 감정을 노래하는 고우타여야만 한다는 생각이 우리들의 가슴을 두드립니다. 여기에서 시에 대한 일반 사람들의 요구가 나타나는 것입니다. 시인은 이러한 내용의 편지를 받거나 이야기를 듣는 것은 아니지만 시인적인 예민함으로 시대를 통찰합니다. 그리고 여기에 오늘날 신민요, 새로운 지방 고우타가 발생하는 기운이 있습니다. 오늘날 지방 민요는 결코 봉건적인 감정으로 만들어진 옛날 민요가 아닌 자본사회가 요구하는 형태로만 해석된 노래입니다.

오늘날 <구사츠부시>도 지방적인 향취보다는 오히려 일종의 방탕적인 또는 그 토지의 선전을 위해 만들어지는 것도 있습니다. 이러한 일들이 모두 성공한다는 사실은 오늘날과 같이 유행성을 극단적으로 중요시하는 자본주의시대에서는 당연한 현상입니다. 예를 들면 나카야마 신페이(中山晋平)13) 씨의 작곡은 지금 이 시대의 세기말적 퇴폐적인 감정에 딱 들어맞습니다. 이런 기분을 교묘하게 파악하여 선전성이 강한 노래를 만들려고 하는 일이 많아졌습니다. 이것이 신민요가 유행하기 위한 사회적인 기초라고 생각합니다.

---

13) 나카야마 신페이(中山晋平) (1887.3.22-1952.12.30) : 작곡가. 다수의 걸작으로 일컬어지는 동요 · 유행가 · 신민요를 남겼다.

이런 의미에서 우리들은 시라토리 세이고(白鳥省吾)14) 씨가 만든 민요에 대해 일종의 어떤 감정을 느낄 수 있을 것입니다. 시라토리 씨의 작품에는 농민적인 감정이 많지만 이러한 농민적 감정은 우리들을 지배하는 현대 도회성문화(都會性文化)를 배경으로 한 낭만적인 감정으로 이해할 수 있습니다. 그렇기 때문에 우리들은 감격하며 노래할 수 있는 것입니다. 류쿄(龍峽)의 <고우타>도 이런 의미에서 유행성을 생각해 볼 수 있습니다.

—본사 주최로 경성사회관에서 열린 공연—

* 田中初夫, 「民謠の社會性」, 『朝鮮公論』, 1932年 7月.

---

14) 시라토리 세이고(白鳥省吾)(1890.2.27-1973.8.27) : 시인이자 문인. 그가 저작한 시는 민중의 내면을 그린 것으로 '민중파 시인'이라고 불린다.

요곡계 잡필

지쿠도 산진(竹堂散人)

(1)

최근 수년간 경성 요곡계가 눈부시게 발전했다는 것은 이 세계 소식에 정통한 사람이라면 누구나 인정하는 사실입니다. 이는 경성 요곡계를 위해 아주 당연한 일입니다. 그래서 저희들은 다이쇼 12년(1923)의 새해를 맞이하여 경성의 현재에 대해 생각하다가 잠시 감개가 무량해 졌습니다.

이 잡필은 조선과 내지의 비교론입니다. 경성의 요곡계도 최근 상당히 장족의 발전을 했지만 내지로 눈을 돌려 내지의 상태와 비교를 해 보면 과연 어떤 대조를 이룰까요? 그래도 각 개인의 기능적인 면에서 보면 조금도 뒤지지 않을 만큼 훌륭한 능력을 가지고 있는 사람이 상당히 많다는 사실은 확실합니다. 그런데 이것을 종합적으로 비교해보면 어떨까요? 유감스럽게도 내지와 비교해 손색이 없다고 단언할 수는 없습니다.

조선이라는 곳은 현시점에서 보면 모든 점에서 조금씩 늦은 감이 있고 내지인에게 한 단계씩 뒤처지고 있는 부분이 있습니다. 이 점에서 보면 경성의 요곡계가 내지와 비교해 뒤떨어져 있고 부족한 부분이 있다는 점은 어쩔 수 없는 사실이긴 하지만 그렇다고 해서 저희가 이 사실을 영원히 인정해야만 하는 것일까요? 이것은 '때'라는 것이 모두 해결해 줄 것입니다. 즉 그 시기를 빨리 실현시킬지 아닐지는 사람의 힘에 달려있기 때문에 이 세계 사람들의 노력에 따라 어느 정도까지 그 시기를 서두를 수 있을 것입니다.

그래서 나는 이 시기를 촉진시키는 방법으로 올해 경성 요곡에 대한 한 가지 희망을 가지고 있습니다. 내가 생각하는 촉진책은 빠른 시일 내에 경성에 노무대(能舞台)를 건설하자는 제안입니다. 이러한 노무대의 필요성을 말하는 것은 나 혼자만의 독창적인 견해가 아니고 예전부터 문제가 되고 있던 사안입니다. 그런데 이후 어떤 결론에 도달했는지 소식을 들을 수가 없습니다. 문제에 대한 논의가 중단된 것인지 시기가 일러 나중으로 미뤄둔 것인지에 대한 원인과 이유는 고사하고 노악당 문제 자체가 자취를 감추었습니다. 게다가 현재 경성 요곡계의 욕구를 생각해보면 노악당 건설의 문제를 논하고 있기보다 오히려 결단해서 실행해야 할 시기입니다. 실행할 시기라든지 시대의 요구라든지 해도 우선 필요한 것은 어떻게 해서 돈을 모을지가 가장 큰 문제입니다. 그러나 현재 경성의 부의 정도를 생각해 보면 부자 곳간의 쌀 한 톨 정도로 그리 큰 문제도 아닙니다. 만약 뜻이 있는 사람들이 건설자금과 같은 대수롭지 않은 문제 때문에 이 귀중한 요악(謠樂)의 건설을 저지한다면 더 큰 문제는 그늘에 숨겨두는 꼴이 되어버리고 열정이 부족하기 때문일 겁니다. 살펴보면 지금이야말로 노악당 건설의 절호의 시기이며 우연히 이 세계의 기운도 노악당 건설을 바라고 있습니다. 내지 쪽 주요도시는 대부분 노악당이 하나나 두 개는 있는데 경성에만 노악당이 없다는 사실은 경성의 수치이며 경성 요곡계의 불명예입니다. 노악당 건설이라는 일에 관심이 있는 사람도 없는 사람도 모두 협력해서 이를 실현시키기 위해 노력해야 하는 것이 아닐까요?

(2)

대부분 오락이라든지 취미라든지 하는 세계에는 덴구(天狗)라는 것이 있다. 조금만 뛰어나도 덴구가 되기 쉽다. 둘러보면 요곡계 여기저기에도 크고 작은 덴구가 우글우글 한 모양이다. 그러나 자세히 살펴보면 덴구라고 해서 반드시 실력이 뛰어난 것도 아니고 덴구가 아니라고 해서 실력이 미숙하다고는 할 수 없다. 별로 뛰어나지도 않은데도 덴구라고 하면 다소 겸연쩍어지는데 반해, 덴구가 아닌 사람은 유난히 고아하게 보여 마음이 끌린다. 별로 감복할 수 없는 덴구는 차치하고 상당한 기량을 가진 사람이 덴구가 되는 일이 옳은지 아닌지는 판단이 어렵고 따라서 나는 오히려 덴구가 되는 일을 장려하지 않는다. 그러나 연기를 하는데 있어 자신의 기량에 확신을 가지고 모든 일에 임하는 자세는 아주 필요하다고 생각한다. 즉 자신의 실력에 자신을 가지라는 말은 덴구가 되라는 것과 비슷해 보이나 다른 것을 통해 이 부분의 구별은 미리 짚어 두어야 한다. 이러한 자신 없이 요곡모임에 출석하면 말도 안 되는 실패를 초래할 것이다. 확신을 가지고 어떤 일에 임하면 유감없이 자신의 기량을 발휘할 수 있다. 그래서 덴구가 되는 일은 생각해 볼만 하지만 덴구가 아닌 범위에서도 확신을 가지는 자세는 필요하다.

나는 『조선 및 만주』 10월호에서 경성 요곡계에 대한 글을 대충 끄적거렸는데 그중 미요시 후코로(三好不考郞) 군에 대해 조금 실례를 했다. 그런데 미요시 군은 병마에 걸려 결국 10월 말경에 타계했다. 이렇게 말하면서도 나는 실은 미요시 군과 일면식도 없었는데 미요시 군의 명성은 이전부터 들어서 알고 있었다. 미요시 군은 전도가 유망했는데 불행히도 타계했고 그 사실은 실로 안타까운 일이며 경성 요곡계의 큰 손실이다. 미요시 군은 원래 미쓰이 산림부에 있던 사람인데 요곡에 뛰어나고 교수법이라고 할까 하여간 가락을 다루는 솜씨나 설명하는 기술이 노련했다고 한다. 최근 어떤 분이 내가 마지막으로 쓴 글을 보니 너무 설명이 단순한 것 같다고 지적한 부분의 요지를 간단히 적어 보겠다.

시다이(次第)[15] : 요음(謠音) 중 상대역이 나올 때 나는 소리와 비슷해야 합니다.

처음 시작 하는 두 글자 정도 가볍게 입을 여는데 집중해야 하고 시다이 없는 곡은 나노리(名乘)보다 더욱 잘 읊어야 합니다.

나노리(名乘)[16] : 상대역, 크고 확실하게 또한 정성을 들여야 합

---

15) 시다이(次第) : 노나 교겐에서 주역과 상대역이 등장할 때 사용하는 악기연주.
16) 나노리(名乘) : 노나 교겐에서 무대에 등장한 인물이 자기소개나 장면설정 등을

니다. 미치유키를 할 때까지 세 번하는데 일반적인 극의 시작을 알립니다.

미치유키(道行)[17] : 소리를 내기 시작할 때에는 목소리가 너무 높고 힘이 들어가지 않도록 하면서도 시원시원하게 내야합니다. 힘차게 읊다보면 어느새 가락이 높아지지만 이 정도는 지장이 없습니다. 또한 미치유키에서는 충분히 박자를 타며 읊는 것이 중요합니다.

주역 잇세이(一聲)[18] : 시다이를 할 때 나오는 소리, 요비카케(呼び掛け)를 할 때 나오는 소리, 잇세이를 할 때 나오는 소리, 아시라이(アシ키イ)를 할 때 나오는 소리 외에도 많이 있습니다.

잇세이에서 나오는 소리는 슌도쿠마루(俊德丸), 후지토(藤戶), 다카사고(高砂), 마쓰카제(松風)와 같이 아무튼 많이 있습니다. 목소리를 낮춰야하지만 힘이 없으면 잇세이가 될 수 없습니다. 즉 저력이 있는 목소리로 소리를 낮추면서 힘이 들어가야 합니다. 이 부분을 잘 못 생각해서 가녀린 목소리로 읊는 잇세이를 자주 듣게 되는데 반주에 신경 쓰기보다 소리를 내는 일에 집중하는 것이 중

하는 것.
17) 미치유키(道行) : 노에서는 등장인물이 여행하는 장면을 나타내는 단락으로 지명, 풍경, 여행 모습을 노래하고, 교겐에서는 대사를 읊으며 무대를 한 바퀴 돈다.
18) 잇세이(一聲) : 상대역이 등장한 직후에 부르는 짧은 노래.

요합니다.

요비카케(呼びかけ)는 큰 소리로 배 속부터 충분히 끌어올려 우렁차게 해야 합니다.

주역이 시다이에서 나올 때에는 조용해야합니다. 이 부분은 상대역이 시다이에서 나올 때와 크게 다른 점이며 노(能)의 네 번째 이야기인 <간탄(邯鄲)>19)을 할 때에도 마찬가지입니다.

아시라히데(あしらひ出)20)는 주역이 등장하는 부분 중 가장 조용해야 할 장면입니다. <유야(熊野)>, <소시아라이(草紙洗)>, <기느타(砧)>, <오오하라고코우(大原御幸)>와 같은 상연목록에 응하는 것이라면 마음을 집중해서 차분하고 조용하게 소리를 내야합니다.

첫날 : 쓸쓸하고 조용하지만 너무 들뜨지 않게 소리를 내야합니다. 곡에 따라서 <다카사고(高砂)>, <아리도(蟻通)>, <스미다가와(隅田川)>, <우카이(鵜飼)> 등과 같이 침울한 기분을 일소시키는 효과를 가지고 충분한 흥을 돋우며 읊는 작품도 있다는 것을 잊어서는 안 됩니다.

주역과 상대역은 서로 충분히 이야기를 나누고 호흡을 맞추어 크게 소리를 내어 읊어야 합니다. 가락을 붙여 읊을 때에는 주역이 중심이 되는 건 당연한 것으로 상대역의 목소리에 신경을 쓰고

19) 간탄(邯鄲) : 노의 하나. 네 번째 작품.
20) 아시라이데(あしらひ出) : 노에서 상대역과 마주보고 대등하는 형태.

있는 것처럼 들리면 호흡이 어긋나 보여 보기 흉해집니다.

마치우타이(待謠)21)는 상대역 혼자서 읊는 것이라고 할 수 있습니다. (이하 쓸 여백이 없음)

요즘에는 요곡대회에 나가지 않았는데 작년에도 새해를 얼마 앞두지 않은 12월 17일에 송령회(松齡會)의 춘기대회라는 것이 남산 기슭 백수(白水)에서 열렸다. 당일 프로그램을 보면 소요(素謠)부에서는

1. 미와(三輪) : 주역에는 하시모토 도미타로(橋本富太郎), 상대역에는 나카린 규지(仲林久治)

1. 고고우(小督) : 주역에는 스미이 다츠오(住井辰男), 상대역에는 후카이노 미치도(深野道怒)와 스즈키 에이타로(鈴木榮太郎), 음악은 아마이케 유조스케(天池雄三輔)

1. 햐쿠만(百萬) : 주역에는 가네다 소노와자(金田園技), 상대역에는 야우에 스미코(矢上隅子), 아역은 가와나베 유키쿠(川鍋雪子)

1. 소시아라이코마치(草紙洗小町) : 주역에는 후카오 기쿠코(深尾菊子), 상대역에는 사사키 하루오(佐々木春尾), 쓰라유키(貫之) 역에는 이와다 이토코(岩田伊都子), 왕역은 긴도노코(近藤之子)

1. 세미마루(蟬丸) : 주역은 마에다 추지(前田忠次), 음악은 다다

---

21) 마치우타이(待謠) : 노의 작은 단락 명. 주역이 퇴장하고 그 사이에 교겐이 끝나면 상대역이 주역의 출연을 기다리는 사이에 부르는 짧은 노래.

에이이치(太田英一), 상대역에는 후지모토 세이지(藤本清次),

1. 에보시오리(烏帽子折) : 주역에는 요네오 후사타로(米尾芳太郎), 상대역은 오카모토 쇼지로(岡本庄次郎), 음악은 긴도 안타로(近藤安太郎), 이케다 교다카(池田清孝)

이 중 당일 사정상 참가 못한 사람도 있고 시간 관계상 정해진 팀대로 상연할 수 있었던 프로그램은 소시아라이와 세미마루 두 개 뿐이었으며 다른 작품은 대체로 임시방편으로 가져와 짜 맞춘 것이다.

소시아라이의 주역은 식산은행 이사 후카오(深尾) 씨의 부인이었는데 침착함과 가락을 다루는 솜씨를 보면 기량 면에서는 남편을 능가하는 부분이 있어 보였다. 상대역인 사사키(佐々木) 부인은 나카가와 문하생의 뛰어난 인재이며 그 외에도 좋은 조건을 갖추고 있다. 따라서 실패할 일이 전혀 없는 이 팀이 부인 팀 중에는 가장 훌륭했다는 평이다. 세미마루는 먼 곳에서 온 인천군(仁川軍)으로 작은 인원을 가지고 경성에 들어왔다. 그런데 그 대담함보다 오히려 경험이 없어서 못 할 거라는 이야기가 있었는데 역시 인천 대장 팀답게 당일 남자팀 소요부 중에서는 특별히 훈공자의 명예를 높이고 돌아갔다.

그리고 당일 최고라 할 수 있는 렌긴하치구미(連吟八組)가 있었

는데 이 렌긴이라는 것은 두 명 이상이 한 팀이 되어 어떤 곡의 일부를 대본 없이 부르는 음악극으로 이전과 비교해 특별한 기획은 아니었다. 하지만 종래에도 어떤 대회나 렌긴하치구미를 선보이는 일은 자주 있었지만 연주자를 기용한 것은 처음 기획한 일로 아주 훌륭했으며 일반사람들의 흥미를 끌었다. 겐죠(弦上), 사와다(澤田), 다케다(竹田), 미즈다니(水谷) 팀은 첫 공연인데 무난하게 마쳤다. 다음으로 사쿠라가와(櫻川), 가노(加納), 스즈키(鈴木) 팀은 렌킨 중 가장 잘 했다는 평이었는데, 물론 요로보시(弱法師)의 원로 팀인 바쇼(芭蕉)의 스승 팀을 제외한다면 말이다. 도센(唐船)은 오쿠노(奥野)와 다케무라(竹村) 씨 둘이서 한 공연으로 중국을 향해 돌아가 버리는 내용까지였고, 마쓰카제(松風)를 공연한 이와다(岩田), 가네다(金田), 사에키(佐伯) 팀의 롱기(ロンギ)[22] 흐름은 멀리서 본다고 생각하지 못할 정도였다. 우에무라(上村), 마츠후지(松藤), 다카무라(高村) 팀의 후지토는 비통함을 지닌 채 부처가 되어버렸고, 소위 원로팀인 요로보시 연주자는 히사에(久枝), 나카지마(中島), 오오타쿠로(太田黒) 팀으로 이루어져 스미요시(住吉)의 마츠노히마(松のひま)에서 사라니쿠로하지(更に狂はじ)까지 원로 팀답게 가락을 다루는 솜씨는 물론 부채를 위아래로 움직이는 모습까지 호흡

---

22) 롱기(ろんぎ) : 노의 한 곡은 여러 개의 작은 단락이 이어져 구성된다. 롱기는 그 작은 단락의 명칭 중 하나.

이 잘 맞았다. 나카가와 후쿠지로(中川福次郎) 스승을 주역으로 한 바쇼는 한 송이 꽃을 헌정하고 부서져 남은 채로 끝났고, 그 다음에 이어지는 야스다(安田)와 사사키(佐々木) 두 원로의 평을 해보면 사사키 박사는 대본 없이 하는 규칙을 깨고 대본을 보며 거드름을 피우고 있는 부분도 조금 진귀한 광경이었다. 그리고 두세 개의 시마이(仕舞)23)와 하야시(囃子)24)에는 대부분의 부인들이 총 출연했다. 나는 우카이 중 호탕한 부분이 특히 인상에 남았다. 하야시의 우토우(善知鳥) 연주자인 다카키(高木) 부인은 북을 오오타구로 소쿠긴코(太田黒殖銀子)는 작은북을 그리고 나카지마 닥터는 지(地)25)를 연주했고 나카가와 스승의 묘한 손동작은 만장을 도취시켰다. 이어지는 하야시의 기오츠네(淸経)연주자는 다케야스센 긴코(武安鮮銀子)가 북을 오오타구로쇼쿠 긴쿠는 작은북을 연주했다. 나는 야스센 긴코가 2년간 철저히 가르친 솜씨가 어떤지 집중해서 보고 있었는데 공교롭게도 전기가 나가버렸다. 그래도 연주를 중단하지 않고 어둠 속에서도 반주는 계속되었지만 안타까웠다. 이런 상태

---

23) 시마이(仕舞) : 노의 일부를 가면이나 장식을 하지 않고 예복이나 하카마를 입은 채로 추는 춤 能약식(略式) 형태의 상연 종류의 하나.

24) 하야시(囃子) : 피리, 큰북, 작은북, 북을 가지고 노래나 노를 반주하는 것.

25) 지(地) : 일본음악 또는 무도(舞踊)용어. 무대 반주의 의미로 무대의 연주자를 지가타(地方)라 하고 노에서 연기하는 주역과 상대역 외에 제창하는 사람들을 지우타이(地謠)라 함.

가 한동안 이어지다 7시 정도에 끝났는데 근래 없었던 성대한 모임으로 후카오(深尾)식산은행 이사의 굵은 목소리를 들을 수 있어 좋은 선물이 되었다. 하지만 스미이(住井)와 산이(三井)지점장의 날카로운 노래도 여전히 평판만으로 끝이 난 점은 아쉬웠다. 다음에는 분발해서 꼭 출연해 주시길 바란다.

* 竹堂散人, 「謠曲界に就いて」, 『朝鮮及滿洲』, 1923年 1月.

조선가요의 사적고찰과
여기에 나타난 시대색과 지방색

이원규(李源圭)[26]

가요는 세계 어느 나라를 불문하고 문자가 없던 이전부터 원시 인의 서정형식으로 이미 존재하고 있었다. 즉 민족의 서정시는 유 사 이전부터 존재했다. 인간의 노래는 인간이 가진 애타는 마음을 표현하는 형식상의 이름이다. 그 이름조차도 물론 후대에 어딘가 에 속해있는 인간의 생활을 반영하고 향토적인 환경과 민족정신 이 배양되며 거짓 없고 꾸밈없이 솔직하게 말할 수 있던 유일한

---

26) 이원규(李源圭)(1890.2-1942.10) : 일제 강점기 관료. 1923년 조선총독부 편수서 기로 임명된 후 1941년까지 관료를 역임한다.

목소리이다. 오늘날이야말로 시(詩)라든지 가사(歌詞)라든지 민요(民謠) 등의 이름을 붙이는데 아주 옛날에는 왕자도 서민도 같은 말을 가지고 생각을 하고 정서를 표현하였다. 오늘날 우리들은 당시의 가요에 대해 예술적 가치를 평가하고 시적 정서를 찾아야 하지만 원시시대 사람들에게는 그것이 생활의 본능이고 심정의 발로였기에 문자로 묘사하는 곤란함을 초연한 음색이 있었다. 따라서 이러한 천한 언어로도 어떤 무의미한 문구라도 아무리 황당한 전설이라도 한번 그 사람들의 목구멍을 통해 야성미 넘치는 노래로 되어 나올 때에는 노래의 의미나 수식이론 따위는 어떤 권위도 가지지 못하고 단지 자연의 목소리와 자연의 울림, 무구한 조율을 우리들의 귀 깊은 곳에서부터 강하게 느낄 수 있다.

그런데 생활문화가 발달하고 예술적인 다른 종류의 활동이 작용하게 되면서 문구나 형식이 조잡한 부분은 사람들에게 회자되고 자연스럽게 세련되어지고 서정시적 가치가 생겨난다. 그리고 듣는 사람을 감탄하게 하여 손발이 저절로 움직이는 경지에까지 이르게 한다. 따라서 그러한 희로애락의 감정을 표현할 수 있는 윤색이나 격조와 같은 형식, 예를 들면 시나 시조, 가사, 창가가 가능함과 동시에 그 지방의 향토와 그 시대의 가요에는 지방색 외에도 반드시 생활문화가 수반된다. 즉 가요에는 지방색이 나타나기 때문에 그 시대 서민(民)의 목소리가 노골적으로 표현되는 것이다. 특히 조선처럼 시대문화나 지방색이 통일되지 않은 곳은 저절로 복잡한 형태로 서민(民)노래와 목소리가 전해지게 된다.

조선가요의 발달과 그 환경

어떤 때에는 소박하고 천진난만하며 낙천적인 감정을 나타내고 어떤 때에는 퇴폐사상과 은둔사상을 표현하고 어떤 때에는 애수가 짙고 감상적이며 비분강개하는 목소리가 나타난다. 또한 어떤 때에는 익살스러운 농담이 들어간 해학적인 경향이 나타나는데 이는 생활환경이나 종교적 지배, 경제적 조건에 따른 것이다. 또한 다른 시대나 다른 작품에 나타나는 퇴폐적이고 정체된 사상이나 비애적이고 음탕한 경향 등이 이 나라의 특색이지만 이 민족이 지닌 감정의 전부라고는 할 수 없다. 특히 각 시대에 따라 그 시대의 특색을 상당히 잘 표현함과 동시에 향토적 민족정신의 색채 또한 그 지방마다의 특징을 가진다.

즉 조선의 가요는 유사 이전에는 민족의 순진한 감정을 장식도 없고 꾸밈도 없이 단지 심정이 발로하는 대로 학자가 아닌 사람의 입에서 나와 귀로 전해져왔다. 그런데 지나의 문학이 수입되면서 국문을 가지지 못 했던 동시대 사람들은 이두문(吏讀)을 통해 전했다. 그리고 『삼국유사』여기저기서 보이는 일종의 상형문자인 향가가 있었지만 점차 외래(지나)문호가 이입되어 유행하면서 조선인의 생활면에는 확연이 구별되는 일종의 단층을 만들고 결국에는 생활 기조를 달리하는 두 개 계급의 대립을 보이게 되었다. 지식계급인 상류사회에서는 시를 읊고 지나와 일본의 고시(古詩)를 배우며 당송의 근체(近體)를 흉내 내는 사이에 조선가요를 대표하는 향가는 형식과 내용 모두 지나의 정악에 가까워지도록 노력하면서 지나의 풍취를 모방하거나 한당(漢唐)의 시 형식을 인용하거나 하면서 점차 고유한 민속에서 멀어지게 되었다. 이것이 '시조'가 되고 시조에서 다시 '시가'가 파생되는 사이에 민족적 특질과 전통적 정신을 지지하던 임무를 맡았던 민요는 문화적으로 저층에 속했던 평민이나 서민 계급의 구비전승을 통해 끊임없이 민족 모두에게 향토 정신을 발로하고 수호하는 일을 게을리 하지 않았던 것이다.

조선가요의 종류

조선가요를 문헌에 나타나는 역사 기록과 민간에게 구비전승해 온 것을 통해 대부분의 사람들이 인정할 수 있는 대표적인 노래를 대강 분류해 보면,

(1) 고가(古歌)

ㄱ. 공후인(箜篌引)(고조선), ㄴ. 서경곡(西京曲)(기자시대), ㄷ. 황조 가(黃鳥歌)(고구려유리왕), ㄹ. 향가(鄕歌)(신라), ㅁ. 회소곡(會蘇曲)(신 라)

(2) 시조(時調)

ㄱ. 우조(羽調)(초중대엽(初中大葉)), 이중대엽(二中大葉), 초수대엽 (初數大葉), 이수대엽(二數大葉), 삼수대엽(三數大葉)

ㄴ. 계면(界面)(초중대엽, 이중대엽, 삼중대엽, 초수대엽, 이수대엽, 삼 수대엽)

ㄷ. 우평조(羽平調)(장수대엽(長數大葉), 중수대엽(中數大葉), 촉수대

엽(促數大葉), 쇠수대엽(衰數大葉), 반엽(半葉))

ㄹ. 계평조(界平調)(정수대엽, 중수대엽, 촉수대엽, 쇠수대엽)

ㅁ. 후정화(後庭花), 이후정화(二後庭花)

ㅂ. 소용이(騷聳伊), 편소용이(編搔聳伊), 만횡(蔓橫)

ㅅ. 농가(弄歌)(우롱(羽弄), 계롱(界弄), 어질롱(於叱弄))

ㅇ. 악시조(樂時調)(우악(羽樂), 계악(界樂), 어질악(於叱樂))

ㅈ. 평(平)질음

(3) 편(編)

ㄱ. 편락(編樂)　ㄴ. 편수엽(編數葉)　ㄷ. 편대(編臺)

(4) 가(歌)

장진주(將進酒), 권주가(勸酒歌), 파초곡(罷譙曲), 태평송(太平頌)

(5) 단가(短歌)

ㄱ. 상사별곡(相思別曲), 고상사별곡(古相思別曲), 화전별곡(化田別

曲), 춘면곡(春眠曲), 추풍감별곡(秋風感別曲), 관동별곡(關東別曲), 규수상사별곡(閨秀相思別曲), 회심곡(悔心曲), 봉황곡(鳳凰谷曲), 사미인곡(思美人曲), 원부곡(怨夫曲)

ㄴ. 양양가(襄陽歌), 처토가(處土歌), 왕소군원가(王昭君怨歌), 노처녀가(老處女歌), 유산가(遊山歌), 적벽가(赤壁歌), 연가(燕假), 춘낭원가(春娘怨歌), 소춘향가(小春香歌), 집장가(執杖歌), 소장가(小杖歌), 형장가(刑杖歌), 만물가(万物歌), 탄금가(彈琴歌), 몽유가(夢遊歌)

ㄷ. 죽장사(竹杖詞), 백언사(白鷗詞), 황계사(黃鷄詞), 어부사(漁夫詞), 관산아마(關山我馬), 화류사(花柳詞), 석춘사(惜春詞), 격양사(擊壤詞), 진정록(陳情錄), 단장사(斷腸詞), 소상팔경(瀟湘八景), 관동팔경(關東八景)

(6) 잡가(雜歌)

ㄱ. 제 1류

육자(六字)작이, 수심가(愁心歌), 수심가역금, 이팔청춘가(二八靑春歌), 나무아미타불가(南無阿彌陀佛歌), 배따리가(출항 노래), 개구리 노래, 곰보타령, 바위타령, 도군악(道軍樂), 신식권학가(新式勸學歌), 신식대양(新式大洋), 학생가(學生歌), 산보가(散步歌), 운동가(運動歌),

공명가(孔明歌), 영변가(寧邊歌), 흥타령(興打令)

ㄴ. 제 2류

쌀 찧는 노래, 흥타령, 난봉가, 숙천난봉가(肅川難捧歌), 아리랑타령, 개의 노래, 몽금포타령(夢金浦打令), 산념불(山念佛), 양산도(梁山道), 도라지타령, 세월타령, 고개타령, 오호타령(五湖打令), 별조영변타령(別調寧邊打令), 농부가, 산타령, 담배타령, 새의 노래

ㄷ. 제 3류(서서 부름)

네시 풍경가, 소상팔경, 반타령(伴打令), 몽유가, 초한가, 강호별고, 단가별곡, 사친가(思親歌), 토끼의 노래, 제초가, 모심는 노래

ㄹ. 제 4류

성주푸리(무당), 제석(帝釋)의 노래(무당), 넋의 노래(무당), 맹인덕담가(盲人德談歌), 앞과 뒤의 산 노래, 베틀 노래, 산대(山臺)의 노래

(7) 동요

① 제 1류

달노래, 자장가, 강강수월래, 처량한 노래, 파랑새 노래, 손가락, 약새, 시어머니꽃 노래, 꽃노래, 꾀꼬리 노래, 단풍새 노래, 잠자리 노래, 아가야 울지마, 사촌 누나, 옆집 아가씨, 달 따러 가자, 파란 미나리 노래, 날아라 춤춰라, 기러기여 기러기여, 청어 씨름 노래, 담배 노래, 잔치에서 노는 며느리놀이 노래, 호박 따는 노래, 숨바꼭질 노래, 귀신놀이 노래, 피리 노래, 담 넘기 노래, 줄다리기놀이 노래, 지혜 넘기 놀이 노래, 망건 짜기 놀이 노래, 외발 서기 겨루기 노래, 연 날리기 노래, 용 싸움 놀이 노래, 손톱 깎기 놀이 노래, 원열(圓列)친구 찾기 노래, 쥐 놀이 노래, 당나귀 놀이 노래, 버드나무 꺾기놀이 노래, 새 놀이 노래, 고춧가루 놀이 노래, 말 타기 노래, 거북이놀이 노래, 돌싸움 노래, 횃불 싸움 놀이 노래, 호랑이 놀이 노래, 장례식 놀이 노래, 사람 찾기 노래, 관찰사 놀이 노래, 박수놀이 노래, 자갈놀이 노래, 민들레놀이 노래, 성조풀이 노래, 경복궁 달구질놀이 노래, 새 잡기놀이 노래,

② 제 2류

러일전쟁 노래, 경술의 술, 일월성신가(日月星辰歌), 계모가, 교유가, 금 구슬 노래, 부모님 은혜 노래, 산이여 산이여 노래, 효도 노래, 초동가(樵童歌), 바람이여 불지마라, 한글 노래, 달님에 대해서,

117

정소조(鼎小鳥)의 노래, 파란 버드나무, 벌레 노래, 나비 노래, 개구
리 노래

이상과 같은 종류 중에서 '(6) 잡가'와 '(7) 동요'는 지방별로 분
류할 수 있고 또한 위에 적은 노래 외에도 지방마다 독특한 민요
와 동요도 있는데 이에 대해서는 가요의 지방색에서 기술하려고
한다.

시조(時調)의 기원

시조는 민요와 함께 조선 가요사에 있어 상당히 주의해야 할
부분인데 그 기원에 대해서는 앞서 기술 한 것처럼 향가에서 파생
된 노래라는 사실을 알 수 있을 뿐이다. 아무리 애를 써서 문헌을
섭렵해 봐도 그 기원에 관한 명확한 역사적 기록을 얻기 어렵다.
뿐만 아니라 시조라는 이름조차도 최근에 붙여진 것이고 '時調'와
'詩調' 둘 다 사용하며 이에 대한 학자들의 논의가 끊이지 않을
정도이다.

옛 사람이 기술한 『소문초록(謏聞瑣錄)』, 『지봉유설(芝峯類說)』, 『노
릉지(魯陵志)』, 『용천담적기(龍泉談寂記)』, 『패관잡기(稗官雜記)』, 『상

촌가(象村歌)』, 『고산엽(孤山葉)』, 『낙하생(洛下生)』의 원고 등에는 현재의 시조를 단가, 가사(歌詞) 또는 곡, 요(謠)라고 적고 있다. 그리고 구비전승에 따르면 <시절가(時節歌)>만 전해졌지만 이것을 무당이 다른 종류의 가락으로 부를 때에는 '노래가락'이라고 했다. 이를 통해보면 고구려 고국천왕의 시절에 국상이었던 '을파소(乙巴素)'의 작품이라고 전해지는,

월상국(越相國) 범소백(范小伯)이
명수공성(名遂功成)못훈 전에
오호연월(五湖煙月)이 이 조흔 줄 알랴마는
서시(西施)를 싯노라 ᄒ여 느저 도라 가니라

이 시에서 그 시대가 고구려이고 한문을 학습하기 이전에 일어난 일이라면 시의 내용에서 말하는 대상이 범소백과 서시라는 것은 의심해야 한다. 뿐만 아니라 이 기록이 역사적 기록문에서 발견할 수 없다는 점이나 작풍이 그리 오래되지 않은 형식 등을 볼때 이 작품이 을파소의 작품이라고 하는 설은 억지로 책에 끌어다 붙인 전설에 지나지 않다는 사실이 명백해 질 것이다. 따라서 백제(7세기)시대 성충(成忠)(의자왕시대의 좌평(佐平))의 작품이라고 전해진다.

    뭇노라 멱라수(汨羅水)야
    굴원(屈原)이 어이 죽더터니,
    참소(讒訴)에 더러인 몸 죽어 뭇칠싸히 업셔
    창파(滄波)에 골육(骨肉)을 씨셔
    어복리(魚腹裏)에 장(葬) ㅎ니라

  이것은 백제말기의 느낌이 많이 나타나 대부분의 사람들이 인
정할 뿐만 아니라 그 후 신라 경덕왕19년(8세기) 월명사(月明師)의
향가인 <도솔가(兜率歌)>(『조선 및 만주』에서 민요의 유래를 통해 발
표한 직역문을 의역해 보면)

    오늘도 여기에서 노래하겠습니다,
    떨어져 파란 하늘로 떠오르는
    저 꽃이여, 당신은,
    옳은 마음이 시키는 대로
    가서 맞이하세요.
    (미완)

120

조선가요의 사적고찰과
여기에 나타난 시대색과 지방색(전편에 이어서)

이원규(李源圭)

오늘도 여기에서 노래하겠습니다,
떨어져 파란 하늘로 떠오르는
저 꽃이여, 당신은,
옳은 마음이 시키는 대로
가서 맞이하세요.
멀리 계십니다. 미륵불

이라고 하는 것이나 헌강왕(憲康) 시절(9세기) 처용의 작품 <처용

가(향가)>

서울 발기 다래	밤 드리 노니다가
드러와 자리 보곤	가라리 네히어라
둘은 내해엇고	둘은 뉘해언고
본디 내해다마	아사날 엇디하릿고

원문

東京明期月良	夜入伊遊行如可
入良沙寢矣見昆	脚烏伊四是良羅
二 兮隱吾下於叱古	二 兮隱誰支下焉古
本矣吾下是如馬於隱	奪叱良乙何如爲理古

등의 작풍이 꽤나 시조와 비슷한 것이나 고려 초기(11세기 초)에 최충(崔沖)의 작품과 12세기 초 곽여(郭輿)의 작품에 이어지는 우탁(禹倬), 이조년(李兆年) 등의 작품이 전해지고 있는 것을 종합해보면 백제 말기 성충의 시조라는 설은 더욱 의심할 여지가 없다.

앞서 논한 대로 시조는 신라 말엽부터 나타난 것이라고 단언할 수 있다. 그러고 보면 시조의 형식과 가락 등도 본래는 조선 고유의 노래인 민요에 기초한 것인데 <청구영언(靑丘永言)>, <가곡원류(歌曲源流)>, <남훈태평가(南薰太平歌)>, <대동악부(大東樂府)>, <여

창유취(女唱類聚)> 등이 수록된 작품을 보면 형식과 내용이 모두 한토(漢土)의 시 형식을 인용하거나 지나의 풍취를 모방하거나 하여 한시(漢詩)와 같은 특히 당시(唐詩)와 같은 부분이 많다. 그리고 정도가 심한 것은 당나라 시에 조선어 조사를 붙이기만 한 것도 있다. 문자를 중개하여 그 의미를 이해해야 하는 경향이 있는 것뿐만 아니라 시조 중에서 소위 평조라고 부르는 짧은 형태의 시조는 대체로 칠칠조(七七調)의 선율을 가지고 있어 지나의 칠언고시(七言古詩)나 칠언절구(七言絶句), 칠언배율(七言排律) 등과 비슷하여 종래 많은 사람들은 시조를 지나시에서 감화를 받아 생겨난 것이라고 암암리에 인정했었다. 그러나 그것은 비과학적인 생각으로 칠칠조가 지나인 혼자서 발견한 가락도 아니고 반드시 가락이 문자를 중개해서 구성된 것만도 아니다. 원래부터 유식계급인 사람만 불렀던 것도 아니라고 생각한다. 두세 가지 작품의 예를 들어 보면,

고려 말 길재(吉再)(호는 야은(冶隱), 공양왕(恭讓王)의 시관주서(時官注書))의 회고작인,

오백년(五百年) 도읍지(都邑地)를   필마(匹馬)로 돌아드니
산천(山川)은 의구(依舊)호대   인걸(人傑)은 간대업네
어즈버 태평연월(太平烟月)이   꿈이런가 하노라

123

라고 하는 시나 유교를 배경으로 도리나 교훈을 강조하는 것에 공
을 들인 작품인,

> 태산(泰山)이 놉다해도   하날알에 메이로다
> 오르고 또 오르면   못오를이 업것마는
> 사람이 안 오르고   산(山만)놉다 하더라

라는 시나 형식과 내용 모두 한시를 모방한 작품인,

> 창외삼경세우시(窓外三更細雨時)에
> 양인심저양인지(兩人心情兩人知)다
> 신정(新情)이 말흡(未洽)하야
> 하날 장차 밝아오니
> 다시금 라삼(羅衫)을 뷔여잡고
> 후기(後期)를 뭇노라

라는 시는 상당히 지나시의 형식을 인용하거나 한토(漢土)의 풍취
와 비슷한 것처럼 보이나 다음과 같은 시는 원래 속요와 큰 차이
를 발견할 수 없을 정도로 적나라한 세속적인 시도 꽤 많다. 예를
들면 (본문은 생략한다)

개를 열네 마리나 길러봤지만
이정도로 얄미운 녀석은 없다
싫은 손님이 올 때에는
꼬리를 흔들며 반갑게 맞이하고
그리운 주인님이 올 때에는
멍멍 짖어서 돌려보낸다
개장수가 와서
빨리 묶어서 가져 가버려라

라는 시라든지,

지난밤도 혼자서 새우잠을 자고
어젯밤도 혼자서 새우잠을 잤다
왜 인연이 없는 건지
일 년 내내 새우잠뿐
오늘에야말로 그리운 님이 온다면
다리를 쭉 뻗어 휘감고
예쁘다 예쁘다 하면서 껴안고 자리라

라는 시라든지,

꿈에 보이는 당신은
인연이 없다고 하지만

너무 그리울 때는
꿈이 아니면 만날 방법이 없네
꿈은 꿈이라도
자주 만날 수 있으면 좋겠네.

라는 시라든지,

내 가슴의 피로
당신의 얼굴을 그리고
내 방 마루 사이에
예쁘게 포장하여 걸어두고
그리움이 사무칠 때마다
그거라도 대신해서 바라보고 싶다.

라는 시라든지,

가슴에 큰 구멍을 뚫고 새끼줄을 꽈서 넣어
두 놈이 마주 앉아 질질 당겨도
그 정도의 고통은 참을 수 있지만
남편과 헤어져 혼자 사는 고통은 참을 수 없는 것을

와 같은 시 등은 한학적 교양이 없는 사람이라도 충분히 노래할 수 있고 듣는 사람도 감탄하여 손발이 저절로 움직여 춤추는 경지에까지 끌고 갈 정도이다. 또한 시조는 신라시대 향가에서 파생된 것이라는 논구도 있지만 역사 기록문에 기재된 향가는 이미 한시가 아니라는 사실에 대해서는 모두 인정한다. 그러면 시조의 변천과 발달 과정에서 지나 문학에 감화를 받은 학자가 형식과 내용 모두 지나 방식에 근접한 형태로 만들기 위해 고유한 민속에서 멀어져버린 사실은 명백하나 그 기원까지 지나의 감화를 받아 생겨난 것이라고 인정할 수는 없다.

시조의 시대적 변천

즉 조선 가요사에서 시조는 학자가 아닌 사람의 입에서 만들어진 산물로 자연 그대로의 목소리와 울림, 대중적인 노래가 아닌, 조금 교양 있다는 유한계급이나 귀족, 국왕관리, 학자나 가인(歌人), 기생 등이 불렀던 노래이다. 이 점에서 생각해보면 지금 여러 종류의 노래책에 수록되어있는 시조는 민요와 같은 자연적 발달이 아닌 어떤 계획 하에 의식적으로 만들어진 것임에 틀림없다. 어쨌든 민요는 민중의 소박한 심정을 있는 그대로 담아 문명화되

지 못한 사람들의 목에서 콧노래와 섞여 나와 야성미 넘치는 노래
가 되었다. 그리고 문구 중에 형식이 조잡한 부분은 사람들에게
회자되면서 자연스럽게 다듬어지는 것이라 윤색이나 풍취와 같은
것은 적었다. 따라서 이런 거친 언어나 아무리 황당한 전설도 거
짓 없이 발로되었다. 그 시대 지나 문화에 감화를 받은 지식인 계
급인 일류사회 사람들은 화려한 당나라 시에 감복하면서 전부터
내려온 가요가 너무 단순하다 하여 그 비속함에 불만을 품는다.
그리고 새로운 시가를 통해 그들의 생명을 윤택하게 하기위해 시
조에 형식적 음률을 고정시켜 통일하고 내용에도 새로운 혁명을
일으키며 이후 완전히 지식계극의 전유물이 되어 지금까지 훌륭
한 형식문학을 구성한 것이다.

가요에 나타나는 시대색

우리 반도의 가요 생활은 비교적 기원이 오래되었지만 기록상
에 나타나있는 양으로 볼 때 시조 외에는 남아있는 유물이 적다는
사실은 커다란 모순 현상이며 실로 천추의 한이다. 그 유물이 전
해지지 못한 원인을 추측해보면 가요는 국민성의 발로이기 때문

128

에 문자로 묘사하는 일이 매우 어렵다. 특히 국문이 아닌 한문으로 고쳐 쓰는 것은 아무 의미가 없는 일이다. 따라서 국문을 가지지 않은 나라 사람들은 대부분 문자로 기록을 하지 않고 구설로 전승한다. 그리고 기록된 것이 아무리 한문 숭배자의 작품이라 하더라도 역사 기록문의 글자를 빌려 품사를 연결해서 하나의 완전한 사상을 글로 써 표현한다. 그래서 『삼국사기』에는 '신라 진성왕 2년, 王素與角于魏弘通, 至是常入內用事, 仮命與大矩和尙, 條集鄕歌 謂三代目'라는 기사가 있고 '三代目'라는 말은 『만요슈(萬葉集)』와 같은 가집 편찬의 예가 있었다는 사실을 명확하게 한다. 게다가 지나 문화의 유입과 유행은 조선인의 생활면에 큰 단층을 만들고 '시'를 읊고 부(賦)를 배우고 한당(漢唐)의 고시와 근체를 흉내 내는 사이에 민족정신이 발로되는 <향가>는 '俚語難解(이해하기 어렵다)'라는 한 마디로 조선반도 문사의 손에 말살되고 그나마 여기에 주석을 달아 읽을 수 있었던 것이 어느새 끊어져 버리고 결국에는 연기처럼 사라졌다. 다행히도 약간의 <이가(俚歌)>가 오늘날까지 전해져 조선반도의 가요역사의 어둠에 서광을 비추어 우리 사학과 언어학을 연구하는 데에도 귀중한 자료가 된 점은 실로 기적과 같은 일이다.

삼국시대 가요 중 가장 오래된 노래는 고구려 제 2대왕인 유리

명왕(기원전 19-기원후 17)의 작품인,

翩翩黃鳥　　雌雄相依
念我之獨　　誰其與歸
펄펄나는 저 꾀꼬리　　암수서로 정답구나
외로운 이내 몸은　　뉘와 함께 돌아갈꼬

라는 시가 『삼국사기』에 실려 있다. 이 시는 순 한시 형태로 표현
되어서 원래의 노래 형태를 알기 어렵고 그 고상하고 신비스러운
운치도 맛볼 수 없다. 그러나 이조차도 없었다면 우리들이 무엇으
로 유리명왕이 실연한 슬픔을 알며 '그 시대 부부의 만남과 헤어
짐이 이만큼이나 자유로웠다는 사실'을 적나라하게 고찰할 수 없
었을 것이다. 그 시대에 자유연애, 자유결혼 등의 풍속이 위에서
는 관가부터 밑에서는 민간에 이르기까지 성행하고 있었다는 사
실은 이러한 노래와 더불어 '고국천왕의 황후인 우후(于后)'의 행
실에 대해 일반 국민은 오히려 동정을 나타냈다는 사실 등을 종합
해 보면 추측할 수 있다.

　(미완)

* 朝鮮總督府編纂課 李源圭,「朝鮮歌謠の史的考察と比に現れたる時代色と地方色」,
『朝鮮及滿洲』, 1929年 1月.

가요문학의 중요성

대부분의 문학 중에 가요만큼 대중적인 것은 없고 대중에게 어
필할 수 있는 힘을 가진 것도 없을 것이다. 그리고 특히 이 가요
문학의 특징은 시대의 공기를 수용하여 표현한다는 점에서 항상
다른 문학보다 앞서있다. 가요문학은 늘 그 시대의 민중 사이에서
조성되는 공기를 그대로 표현한다. 그래서 각 시대 민중의 모든
생활과 의미를 알고자 한다면 자연스럽게 생겨났다고 할 수 있는
향토적 가요에서 가장 좋은 소재를 발견할 수 있다.

가요는 민중의 것이다. 가요만큼 보급 범위가 넓고 속도가 빠른
것도 없다. 가요문학은 이와 같은 중요한 특색으로 인해 이후 문

학의 세계에 아주 중요한 위치를 차지하게 될 것임이 분명하다. 두 말할 필요도 없이 모든 문학이 단지 문학으로만 존재하는 시대는 지났기 때문이다. 문학도 사회와 정치적인 대중운동의 일부분으로 도움을 줘야 할 시대가 되고 있기 때문이다. 이런 의미에서 보면 가요문학은 앞으로 더욱 발전할 가능성이 있다고 생각한다.

* 內藤透, 「歌謠文學の重要性」, 『朝鮮公論』, 1932年 3月.

3부

●

서양음악에
대한 이해

가정과 음악

— 독창과 강연회에 있어서

스미스 박사(ㅈㅁㅈ博士)

"좋은 가정에 문명이 적으면 망한다."라는 말이 있습니다. 또한 좋은 가정에는 음악이 있고, 흐트러진 가정에는 울음소리라 하는 음악도 있습니다.

예전에 남아메리카의 칠레에서 12명의 부인이 뉴욕에 왔습니다. 그녀들은 뉴욕에 상륙했을 때 마중 나온 어떤 유명한 타임스 기자에게 다음과 같은 주문을 했습니다. "저희들은 미국에서 현재 유명하고 훌륭하다는 부인과 만나고 싶습니다, 어떤 분이 계시는지 가르쳐 주세요" 그 주문을 받았을 때 자타가 공인하는 유명한 타

135

임스 기자도 갑자기 대답을 할 수가 없었습니다. 여러 가지 궁리를 한 끝에 결국 독자에게 투표를 해서 모으자는 방법을 생각했습니다. "독자 여러분 현재 우리 미국에서 가장 유명한 부인은 누구일까요? 투표해 주세요." 타임스는 이런 기사를 실었습니다.

금방 모든 계급을 망라한 유명한 부인들의 이름이 타임스 편집실 책상 위에 산더미처럼 쌓였습니다. 사상가, 정치가, 여학교 교장, 음악가, 여배우 그리고 엄격한 심사 결과 12명의 유명한 부인들을 선정했습니다.

그러나 여러분 한 명도 정말 한 명도 훌륭한 가정을 만든 이유로 선정된 부인은 없었습니다. 저는 일본 내지의 많은 여학교에서 강연을 한 경험이 있습니다. 그럴 때마다 "현재 일본에서 가장 훌륭한 부인은 누구입니까?"라는 질문을 합니다. 그러면 반드시 야지마(矢島) 씨, 쓰다(津田) 씨, 야스이(安井) 씨, 미우라 다마키(三浦環)1) 씨, 하야가와 셋슈(早川雪洲)2) 씨의 부인 등을 열거합니다. 하지만 일본도 미국과 마찬가지로 훌륭한 가정을 만들었기 때문에

---

1) 미우라 다마키(三浦環)(1884.2-1946.5) : 일본에서 최초로 국제적인 명성을 얻은 오페라가수.

2) 하야가와 셋슈(早川雪洲)(1886.6-1973.11) : 배우. 1907년 21살의 나이로 미국으로 건너가 1910년대 초창기 할리우드 영화에 데뷔하며 일약 스타가 된다. 반세기에 걸쳐 활약한 국제적인 영화배우이다. 그의 부인인 아오키 쓰르코(青木鶴子)(1889.9-1961.10)는 무성영화시대에 미국에서 활약한 일본출신 여배우로 미국에서 아시아인으로서는 처음으로 영화 포스터에 이름을 장식했다.

훌륭한 부인이라고 인정해주는 이름을 들어 본 적이 없습니다. 좋은 가정을 만드는 여성은 현모양처라든지 위대한 부인이라든지 말로는 표현하지만 실제로는 그렇지 않다는 사실을 알아야 합니다. 슬픈 일입니다. 왜냐하면 훌륭한 가정을 만드는 일은 부인이 해야 할 가장 큰일이고 가장 빛나며 자랑스러운 일이어야만 하기 때문입니다.

그렇다면 어떤 가정이 좋은 가정이고, 그리고 좋은 가정은 어떻게 만들 수 있을까요? 이 문제에 대해서는 도저히 짧은 시간 동안 다 말할 수가 없습니다. 단 음악이 가정의 공기를 정화시키고 아름답고 우아하게 하며 훌륭한 가정을 만들 수 있는 한 계단이 될 수 있다는 사실에 대해서만 이야기를 해보려고 합니다.

현재 가정음악의 중심은 역시 피아노라든지 바이올린이고 또한 이러한 악기가 가장 적당하다고 생각합니다. 나는 교회에 오는 많은 아가씨들을 알고 있습니다. 그러나 대부분의 아가씨들이 피아노가 있어도 손을 대려고 하지 않습니다.

"여러분 손을 뻗어보세요" 그리고 저는 아가씨들의 손을 보면서 말합니다. "아무래도 이상합니다. 아무도 류머티즘에 걸린 사람이 없는 것 같은데……왜 두들기지 않는 겁니까? 그리고 왜 치지 못하는 걸까요?"라고 누구도 대답을 못 합니다. 가정에서 악기를 가질 수 있는 여유가 없다는 사실이 그러한 행동에까지 나타나는 것이라고 생각합니다.

저는 가정에 성악을 권하고 싶습니다. 성악도 피아노나 바이올린 반주가 없으면 부르기가 조금 어려울 수도 있고 매력적이지 않을 수도 있지만, 가정에서 노래를 부른다는 사실만으로도 어리석은 대화나 불평에서 벗어나 유쾌한 기분을 만들 수 있습니다. 우리 집에서도 매일 아침 가족이 모두 모여 찬미가를 합창합니다. 그 합창 소리가 하루 종일 우리 가정의 공기를 조금씩 부드럽게 해 주는 것 같은 느낌이 듭니다. 아침에 억지로 일어나 기분이 썩 좋지 않던 아이들도 감사함이 넘치는 밝은 마음으로 하루를 맞이할 수 있도록 해줍니다. 그리고 나는 매일 아침 부르는 상쾌한 합창소리가 아이들의 마음속에 평생 기억되며 성장한 후에도 그리운 추억의 하나가 될 것임을 믿습니다.

인간은 태어나면서부터 음악적인 어떤 것을 마음속에 품고 있는 것은 아닐까요? 오염 없는 순수한 어린아이의 마음만큼 음악에 대해 강한 기쁨을 가지는 대상도 없을 것입니다. 아이들은 음악을 사랑하는 존재입니다. 마음으로부터 기쁨을 느끼는 존재입니다. 이렇게 음악이 아이들의 마음에 강한 영향을 주는 이유를 학교 선생님으로서 유치원 보모로서 특히 가정에서 아버지나 어머니로서 이러한 음악이 가진 대단한 힘에 대해 잘 생각해 볼 필요가 있지 않을까요?

저는 거의 악기를 연주하지 못 합니다. 어렸을 때 조금 악기를 가지고 논적은 있지만 어머니가 지도편달해주지 않았습니다. 어머니가 열심히 가르치지 않았기 때문에 아주 어렸을 때 악기에서 손을 떼어버렸습니다. 특히 노래를 시작하고 나서 그리고 나이가 들어가면서는 완전히 악기에서 멀어질 수밖에 없었지만, 단 한 가지 지금 당장이라도 어떤 음악이든지 자유롭게 연주할 수 있는 자신감을 가지고 있는 것이 있습니다. 그것은 축음기입니다.

저는 오랫동안 엔리코 카루소의 노래를 듣고 싶다고 바랬습니다. 몇 년 전에 미국에 돌아갔을 때 마침 금요일에 도착했는데 그 다음 주 수요일에 카루소의 연주가 있다는 사실을 알게 되었습니다. 물론 표는 매진되어 버렸지만 그날 밤 빨리 간다면 서서라도 들을 수 있는 장소가 있었습니다. 당일 밤이 되어 연주회는 8시나 8시 반경에 시작하는데도 불구하고 6시부터 가서 극장 앞에서 기다리고 있었습니다. 예약 티켓을 사지 못한 사람들이 내 뒤에 계속해서 줄을 서고 있었고 결국 제가 줄 맨 끝에 있는 사람을 볼 수 없을 정도로 길어졌습니다. 매표소 사람들이 조금씩 움직이기 시작한 것은 두 시간 후인 8시 조금 전이었을 겁니다. 저는 그때부터 정확히 11시까지 불편한 다리로 계속 서 있었습니다.

그 후 카르소는 메트로폴리탄에서 노래하던 중 목에 상처를 입은 후로 노래를 전혀 못하다가 결국 2, 3개월 후에 사망했습니다. 지금도 저는 그날 밤의 고통을 떠올릴 수가 있습니다. 그러나 제 생에서 단 한 번이라도 카르소의 육성을 들을 수 있었다는 사실에 대해 행복합니다. 그러나 저는 요즘 매일 밤 편안한 자세로 의자에 앉아 카르소를 들을 수 있는 것 또한 행복합니다. 왜냐하면 레코드가 있기 때문입니다. 축음기 또한 가정에 있으면 좋을만한 악기라고 생각합니다.

15, 6년 전에 가고시마(鹿兒島)에 갔을 때의 일입니다. 가고시마의 친구가 숙소로 전화를 했습니다. 그 전화는 오치요(お千代) 씨가 많이 아프다는 내용이었습니다. 오치요 씨는 친구의 외동딸인데 위독한 상태였습니다. 제가 갔을 때 병상의 머리맡에서 오치요 씨의 아버지는 그냥 울고만 있었습니다. 어머니도 마찬가지였습니다. 고모님은 그 정도로 울고 있지는 않아서 자세한 이야기를 들을 수 있었습니다. 이런 상황에서 우리들은 어떤 말로 지금 저세상으로 떠나려고 하는 오치요 씨를 보낼 수 있을까요? 고모님은 작은 목소리로 찬미가를 부르기 시작했습니다. 그 아이의 볼에 점차 미소가 보이기 시작했습니다. 고모님의 눈물 섞인 찬미가가 이

어졌습니다. 그리고 그 사이에 그 아이는 편안하게 눈을 감았습니다. 어두운 죽음의 고개를 넘을 때 그 아이는 혼자가 아니었을 것입니다. 그 아름다운 노랫소리가 지켜주어 미소를 지으면서 걸어갔을 것입니다.

서양에 노래의 날개 위에(가익(歌翼))라는 말이 있습니다. 나도 이 세상을 떠날 때는 노래의 날개에게 수호를 받으면서 떠나고 싶다는 생각을 늘 합니다.

* スミス博士, 「家庭と音樂」, 『獨唱と講演の會に於て』, 1924年 4月.

연주회

정도희(丁旬希)

7월말 비 내리는 어느 저녁. XX호텔 연예장에서 외국의 유명한 바이올린 연주가의 독주회가 열렸다. 비가 많이 내렸지만 세계적이라 불리는 그 음악가의 명성에 이끌린 청중들이 줄을 이었다. 자동차를 타고 온 사람들이 많아서 비 따위는 아무 상관없는 것처럼 익숙한 모습으로 연주회장으로 올라간다. 그런 신사나 숙녀 사이에 묘한 청년이 한 명 섞여있었다. 그 청년이 이 작은 사건의 주인공이다.

그는 처음부터 사람들의 주의를 많이 끌었던 모양이다. 그렇다곤 해도 젊고 아름다운 숙녀들이 옷매무새를 가다듬게 할 종류의 것은 아니었고, "뭔가 이상한 녀석이야"라고 말할 만한 종류의 모습이었다. 그는 더러워진 감색 양복에 감색 바지의 무릎 부분이 떠서 이상하게 뒤틀린 옷을 입고 계절에 어울리지 않는 때가 긴 헌팅캡을 삐딱하게 쓴 채로 혼자 연주회장 입구에 나타났다. 접어도 제대로 접히지도 않는 양산의 가운데 정도를 양손으로 꽉 누르고 몸을 꼿꼿이 세우면서 비를 피해 서서 걸려 있는 간판을 쭉 훑어본 후 흡족한 표정으로 끄덕이며 청중들 사이로 섞여 연주회장 입구 쪽으로 걷기 시작한다.

자동차가 없는 사람들은 모두 우산을 맡기고 계단을 오른다. 그도 다른 사람들과 같이 상태가 안 좋은 양산을 신발 정리하는 사람에게 맡겼는데, 이미 그때는 주변에 있는 사람들 대부분의 시선이 그에게로 쏟아지고 있었다. 그래도 그는 전혀 눈치 채지 못한 모양으로 성큼성큼 계단을 올라가 일등석 입구로 갔다.

그가 지금과 같은 모습으로 아사쿠사(淺草) 활동 극장의 일등석에 앉아있다고 해도 그의 헌팅캡이나 양복이 사람들의 눈에 거슬릴 일은 아마 없을 것이다. 그러나 이곳은 XX호텔의 연회장이고 그런 모습으로 나타나 화이트 티켓을 접수처에 내고 유유히 일등석에 앉는다는 사실에는 확실히 문제가 있다. 같은 자리의 신사, 특히 숙녀들은 의심스러운 눈초리로 쳐다보며 경멸하고 혐오하는 듯한 복잡 미묘한 표정으로 그의 모습을 지켜본다. 이등석 사람들은 그것 이상의 눈초리를 하고 있다.

그가 지정된 자리에 앉아 연주회장을 쭉 둘러보다 곳곳에서 "뭐야 이상한 놈이네", "도대체 뭐 하는 녀석이야"라는 시선으로 쳐다보고 있는 시선과 마주쳤다. 그는 엉겁결에 얼굴을 숙이고 묵묵히 무릎 위의 모자를 바라봤다. 만약 그가 자신의 힘으로 화이트 티켓을 살 수 있는 신분이었다면 또는 유명한 음악가 이기라도 했다면 다시 얼굴을 들고 그 얼간이 무리들을 마주 봤겠지만 그의 복장과 그 자리의 화이트 티켓과의 사이에는 뭔가 커다란 차이가 있던 것 같다. 그가 어떻게 해서 그 티켓을 손에 넣었는지 그것도 충분히 흥미로운 일이긴 하지만, 그것은 어떤 사정으로 어떤 사람한테 받은 것이라고 정리해 두자. 하지만 그가 거지나 도둑과 같은 종류의 사람이 아닌 것만은 확실하다.

푹푹 찌는 더위가 기승을 부리는 밤이었다. 천장이 낮아서이기도 하겠지만 부채 밭에 바람이 부는 것처럼 실내가 온통 펄럭펄럭거렸다. 그도 가끔씩 구깃구깃해진 손수건을 꺼내서 땀을 닦았다. 정확히 그의 머리 위에 상인방과 같은 형태로 벽이 내려와 있고 거기에 선풍기가 설치되어 있어서 그 근처는 어느 정도 편하긴 했지만 바로 앞자리에 금방이라도 삐져나올 것처럼 앉아있는 외국

인은 둥근 부채로 아내로 보이는 옆자리 여자에게 열심히 바람을
보내고 있다.

정각을 조금 넘었을 때 바이올린을 품에 안은 연주자가 반주를
맡은 피아니스트와 함께 무대에 나타났다. 부채 대신 우레와 같은
박수가 보내진 후 곧 찬물을 끼얹은 것처럼 조용해졌다 싶으니 첫
곡목의 연주가 시작되었다. 이 세계적인 명수는 어려운 곡을 전신
으로 연주했다. 청년 또한 오른손에 손수건을 꽉 쥔 채로 전신으
로 몰입하며 듣고 있었다. 무대 위의 리듬을 그대로 자신에게 이
입하면서 눈을 반짝거리고 숨을 죽이곤 미묘한 손가락의 움직임
과 활의 앙상블을 잠시도 놓치고 싶지 않다는 것처럼 지켜보고 있
었다.

만약 그의 뒤에 있던 부인들의 소곤거리는 소리 나 선풍기의
소음마저 없었다면 그날 밤 그는 이 세상에서 가장 행복한 인간일
수 있었을 것이다. 하지만 현과 활에서 흐르는 미묘한 멜로디가
점점 작아짐에 따라 머리 위 선풍기의 소음과 속삭임이 사정없이
그의 청각을 방해했다. 그는 몸을 앞으로 내밀고 손을 귀에 대면
서 사라지려고 하는 멜로디의 자취를 쫓았다. 그리고 음악의 섬세
한 기교와 미의 극점이 불길한 잡음 속으로 사라져버리려고 할 때
참을 수 없는 초조함과 불만이 그의 가슴을 억눌렀다.

그렇지만 곧 첫 곡목이 끝났다. 부채가 일제히 움직이기 시작했고 이야기 소리도 갑자기 커진데다 웃음소리까지 여기저기서 들렸다. 그는 귓속에 남은 멜로디와 섬세하고 대담한 연주 모습을 선명하게 뇌리에 새기려는 것처럼 계속 고개를 숙인 채로 눈을 감고 있다. 그리고 어쩔 수 없이 뒷자리의 이야기에 귀를 기울여보지만 그것은 그가 기대했던 음악에 관한 내용이 아니었다. 그는 그녀들이 서로의 옷에 대해 감탄하는 말을 들으며 엉겁결에 뒤를 돌아봤는데, 그 순간 이야기 소리는 딱 멈추고 들리지 않을 정도의 작은 목소리로 소근 대는 소리만 계속 이어졌다. 그는 잡담의 내용이 무엇인지를 등으로 느낄 수 있었다. 그래서 절대로 다시는 옆을 보지 않으리라고 결심한 것처럼 뚫어져라 앞만 보면서 반으로 접힌 프로그램을 몇 번이나 반복해서 읽고 있었다.

바이올린 명수는 다시 무대에 나타났고 활은 다시 현을 건드렸다. 남유럽의 열정적인 명곡이 샹젤리제의 화려한 빛 속에서 영롱하게 흘러왔다 흘러가는 멜로디의 파도 속에 수백 명 청중의 마음은 당장이라도 감격의 절정에 달할 것 같았다. 아무리 기교가 좋은 화가 그 누구라도 이 순간의 청년의 모습을 여실히 그려낼 수는 없었을 것이다. 뺨은 발갛게 빛나고 심장은 높게 고동치며 그의 영혼은 슬픔과도 같은 그리고 기쁨과도 같은 이상한 감정의 교차와 싸우고 있었다. 선풍기 소리도 없고 잡담도 없이 단지 그와 음악만이 있을 뿐이었다.

리듬은 점차 완만해지고 곡조는 점차 높고 가늘어진다. 말로 표현할 수 없는 일종의 애조는 쇠퇴해가는 아름다운 생명을 슬퍼하는 것처럼 그의 귀에도 아련하고 가늘게 희미해져갔다. 조금씩 아련하게…… 조금씩 가늘게…… 그리고 결국 그 선은 끊어져버렸다. 마침내 그의 청각은 머리 위 선풍기의 소음과 뒤 자석 부인들의 잡담 속으로 멜로디의 행방을 잃어버린 것이다. 그는 초조했다. 심술궂게 바람을 가르는 선풍기의 소리에 섞여 띄엄띄엄 들리는 멜로디를 한 번 더 붙잡으려고 발버둥이 쳤지만 소용없었다. 격한 초조함과 고통으로 안절부절못하면서 잠시 머리 위 선풍기를 올려다보던 그는 더 이상 참을 수 없다는 듯이 일어서서 스위치를 뽑아버렸다.

갑자기 주위는 숨이 멎은 것처럼 조용해졌다. 그리고 그가 초조해하며 들으려던 그 곡도 마지막 멜로디만을 뚜렷하게 들려준 채 끝나버렸다. 우레와 같은 박수갈채가 끝나자 부채와 담소의 떠들썩함이 반복되었다. 그리고 그보다 먼저 일어난 앞좌석의 외국인이 독살스러운 눈빛을 그에게 보내며 선풍기를 다시 틀었다.

그는 다음 곡이 시작될 무렵에 마음의 흥분을 가라앉히려는 것처럼 눈을 꼭 감고 있었다. 지금 들은 남유럽의 명곡을 조용히 떠올리며 그 안에서 모든 일을 잊으려고 했지만 격한 흥분의 여운은 애수를 띤 그 곡의 곡조에 이끌려 그의 마음은 왠지 모를 슬픔 속에 빠져들었다. 하지만 듣지 않으려고 해도 들리는 잡담, 보지 않으려고 해도 느껴지는 시선. 그 모두가 하나하나 그에게로 향해져 있다는 것을 알았다. 그리고 바로 뒤 좌석 숙녀들의 상냥한 입에서 선풍기 건에 대한 천하고 비열한 조소와 욕설을 들었을 때, 그의 창백하고 슬픈 얼굴에서는 점차 분노와 반항의 빛이 나타나기 시작했다.

15분 휴식이 끝나고 다시 연주가 시작되었다. 반주자의 손가락은 이미 건반을 치고 있었다. 청년은 다시 일어섰다. 그는 주위의 시선이 일제히 자신에게 향해진 것을 느꼈다. "앉아"라는 소리를 들었다. "뭐 하는 거야"라며 위압하는 것 같은 낮은 소리도 뒤에서 들렸다. 그래도 그는 조용히 오른손을 올려 선풍기의 스위치를 돌리려고 했다. 그런데 무슨 일이 일어난 건지 갑자기 강렬한 전류의 쇼크가 손가락으로 느껴졌다. 그는 튕겨지듯이 손을 뗐다. 그 순간 오른쪽에 양장을 하고 앉아있는 부인의 이마를 팔꿈치로 살짝 쳤다. "앗" 하는 카랑카랑한 여자의 목소리에 주위 사람들이 한꺼번에 일어섰다. 여자 옆에 있던 남편처럼 보이는 신사는 그의 팔을 붙잡고 "뭐 하는 거야. 무례하잖아" 하고 호통을 쳤다. 수많은 이마가 청년 쪽을 향해 무서운 속도로 날라 오는 것 같았다. 욕설과 성난 목소리에 섞여 "끌어내"라는 고함소리도 들렸다. 그는 붙잡힌 팔을 떨치며 "죄송합니다."라고 사과했다. 하지만 그 신사는 "멍청한"이라고 큰 소리로 혼을 내곤 "나가"라고 고함을 쳤다. 여자는 남자의 팔에 매달려 뱀과 같은 증오에 찬 눈으로 그를 쳐다보았다. 그의 눈은 커다래졌지만 아무것도 보이지 않았다. 귀는 욱신욱신 거리고 무슨 말을 하려고 해도 소리가 나오지 않았다. 갑자기 머리에서 가슴을 뚫고 땅 속까지 꺼지는 것 같은 기분이 들고 얼음과 같은 차가움과 광기와 비슷한 차분함이 가슴을 붙잡았다. 동시에 모든 의식이 명료해졌다. 그는 성난 칼날처럼 날카롭고 차가워졌다. 비참함과 잔인함이 북받쳐 오르는 감정을 어찌할 수가 없었다. 갑자기 그는 강철처럼 꽉 쥔 주먹을 쳐들어 사람들의 동정 속에서 남편의 팔에 매달려 득의양양한 얼굴을 하고 있는 여자의 얼굴을 피가 날 정도로 때렸다. 그리고 그를 붙잡으려는 외국인을 의자 위로 날려버린 후 무대 쪽으로 돌진했다. 그러나 청중들이 그를 막았다. 그는 여러 장정과 지배인들에게 몇 번이나 맞으면서 결국 연주회장에서 끌어내졌다.

비는 멈추고 7얼의 밤하늘에는 별이 아름답게 빛나고 있었다.

경관 한 명이 맥없이 늘어져있는 방금 전 그 청년을 데리고 상쾌하게 닦인 포석로(鋪石路)를 걸어간다. 시원한 바람이 모자를 뺏긴 그의 머리카락을 부드럽게 어루만지고 흠뻑 젖은 가로수 나뭇가지가 사각사각 부딪히며 차가운 물방울이 목덜미에 뚝 떨어졌다. 행인들 둘이 지나가다 뭔가 수군거리면서 경관 뒤에 붙어서 가는 이상한 남자를 계속 쳐다보고 있다. 그리고 "싸움이라도 했나 보네" 와 같은 이야기를 나누며 다시 돌아보기도 한다.

청년은 여전히 혼잣말을 멈추지 않았다. "저거야"…… "저곳이야"…… 그의 머릿속에 어떤 멜로디가 반복되고 있는 것인지 …… 경관은 갑자기 멈추고 "뭐라고?" 되물었다. 둘은 다시 아무 말 없이 걷기 시작했다. 한참 후 경관은 다시 멈춰 서서 이번에는 조금 엄격하게 "너는 뭘 파느냐"고 물었다. 그는 얼굴을 들고 경관을 본다. 그리고 틀어진 넥타이를 고치면서 "영화음악을 하는 바이올리니스트입니다."라고 대답한다.

* 丁旬希, 「演奏會」, 『朝鮮及滿州』, 1928年 11月.

음악연주자의 태도

이시가와 요시카즈(石川義一)

음악 연주회는 자주 개최되고 그때마다 성황리에 마치며 연주
자도 청중도 모두 만족해서 돌아간다. 그리고 다음 날 신문에는
언제나 정해진 사사(謝詞)를 연주자에게 헌정한다. 일반 사람들은
조금도 의심 없이 흘려버린다. 갑인 연주자에 대한 감사의 말과
그것을 비평하는 을의 관례는 비슷하다. 나는 음악 연주자의 태도
를 내 경험과 유럽에서 온 음악가의 의견을 참고하여 엄격하게 비
평하고자 한다.

어떤 타인의 곡을 연주한다고 할 때 연주자의 태도를 고찰하기
에 앞서 먼저 악곡의 연주 의미부터 밝혀야 할 필요가 있다. 악곡

은 문장이다. 문장이라기보다는 감정의 시라고 하는 편이 가장 적절할지 모르겠다. 악곡은 음표라고 부르는 기호로 쓰인 시이다.

그러나 악곡을 연주하는 의미는 악기로 악곡을 연주하는 행위를 통해 악기로 악곡을 읽는 것과 같다. 예를 들면 베토벤의 <월광의 곡>을 피아노로 연주한다는 것은 곧 <월광의 곡> <월광의 악시>를 피아노로 읽는 것이고, 바이올린으로 연주한다면 그 곡을 바이올린으로 읽는 것이다. 다시 말하며 시음(詩吟)을 하는 것과 같다. 따라서 음악회는 어떤 악기나 사람의 목소리로 악시(樂詩)를 읽어 일반 민중에게 들려주는 모임이다. 이는 시나 요곡을 노래로 불러서 청중에게 들려주는 모임과 비슷하다. 따라서 연주자가 잘 하느냐 못 하느냐의 경계선은 지금 연주하고 있는 악시를 어떤 악기로 가장 정확하게 또한 작자가 그 곡을 만든 그 순간의 심리상태 — 작자가 그 곡에 대해 가진 마음가짐을 어떻게 잘 표현하느냐에 달려있다.

어떤 사람의 악곡을 정확하게 연주하는 일 — 그 곡의 음표와 구절법을 정확하게 연주하는 일 — 은 결코 어려운 일이 아니다. 또 한편으로 연주라는 것이 곡의 표면에 나타나 있는 부분만을 정확하게 표현하는 것만을 말한다면 사람이 하지 않아도 충분하다. 또는 인간이 그 곡을 연주하기보다는 악기로 연주하는 편이 훨씬

정확할 수 있을 것이다. 그러나 인간은 10도는 10도이면서도 제각
각 다르게 연주한다. 기계라면 대부분 천편일률적이다. 음악기계
자동 피아노 등이 그 한 종류이다.

그러나 악곡에는 다른 한 면이 있다. 작자는 그 곡에 대한 작곡
을 하려고 한 동기 ― 작곡하고 있는 순간의 기분, 바꿔 말하면
하나하나의 음표와 구절법으로 표현되는 작자의 의미와 정서를
나타내야만 한다. 그리고 모든 곡에서 작자의 기분을 나타내는 음
표를 읽고 표현할 수 있어야한다. 이 점이 연주자가 고통스러워하
는 부분이지만 예술이라 함은 이런 표현방법을 연구해서 실행해
야 하는 것이다.

그건 그렇고 작자의 기분을 작자 자신이 아니면 절대 알 수 없
는 예를 들면 약 100년 전에 죽은 베토벤의 작품 <월광의 곡>을
지금 연주할 때, 베토벤이 그 <월광의 곡>을 작곡할 때의 기분
을 표현하는 일은 엄밀히 말해서 작자 자신이 아니고서야 그 누구
도 불가능할지도 모른다. 그렇지만 연주자는 <월광의 곡>의 음
표와 구절법으로 베토벤의 기분을 있는 그대로 ― 음표나 구절법
에 나타나지 않은 부분은 절대로 표현할 방법이 없지만 ― 표현할
수 있다. 즉 곡의 각 부분과 곡 전체의 정서를 보면 작자의 정서
와 완전히 흡사할 정도의 표현은 할 수 있다는 것이다.

이것은 연주자의 기량에 따른 것으로 작자의 기분을 한 치의 어긋남도 없이 느끼는 일은 불가능해도 그 악곡을 연속적으로 어떻게 이어가느냐에 따라 작자의 대략적인 정서와 감응하는 일은 가능하다. 따라서 음악연주의 천재란 자신이 곡을 쓴 작자의 기분에 가장 잘 감응하면서 연주를 통해 표현하는 일이 가능한 사람이라고 정의해도 될 것이다. 따라서 이러한 정의는 연주자의 기량을 식별하는 정확한 척도라 해도 좋다.

그런데 내 실제 경험과 다른 여러 음악가의 감상으로 판단해보면 어떤 한 곡을 적어도 1년간 매일 연습하지 않으면 그 곡에 표현된 정서를 연주자 자신이 감응하지 못한다. 따라서 5, 6개월 연습해서는 속된 말로 자신의 것이 되지 못한다. 왠지 작자와 곡과 자신 사이에 보이지 않는 끈으로 연결되어 있는 것 같은 기분이 든다. 그러나 같은 곡을 1년이나 연습하고 있는 사이에 곡과 자신의 정이 완전히 통하는 것 같은 기분이 들게 된다. 그렇게 해서 비로소 자신의 곡이 되고 음악회 자리에서 공개할 수 있는 순서가 되는 것이다.

그러나 어떤 일류 음악가는 작곡가의 기분이 되어 그 곡을 연주하는 일은 인간의 힘이 아니며 절대로 불가능하다고 말한다. 예를 들면 약 백 년 전에 죽은 작곡가의 기분은 전혀 불분명하다는 것이다. 그것보다도 그 곡을 작자의 곡으로 여기지 않고 연주자 자신의 작품으로 — 원작 곡의 음표나 구절법을 연주자의 사정에 따라 다소 변경하더라도 — 연주해야 한다고 주장한다. 만약 베토벤의 <월광의 곡>을 연주하려면 연주자 자신의 기분대로 원작의 구절법을 변경해서 연주해야한다는 것이다. 약 100년 전 베토벤이 어떤 정서로 <월광의 곡>을 작곡했는지, 또한 <월광의 곡>은 무엇을 표현하려고 했는지 와 같은 곡의 해석과 상관없이 연주자의 자유로운 의미를 표현해야한다는 것이다.

만약 이러한 주장을 승인하여 어떤 곡을 연주자의 기분에 따라 연주한다면 같은 악곡도 연주하는 사람에 따라 굉장히 다르게 들릴 것이 분명하다. 즉 갑인 연주자와 을인 연주자의 <월광의 곡>은 경우에 따라서 전혀 다른 정서를 표현하게 된다. 그렇게 되면 악곡을 연주하는 의미가 사라지지는 않을까? 연주하려고 하는 악곡을 악기로 읽으려고 하는 행동과 충돌하지는 않을까? 연주자 자신의 기분만을 가지고 타인의 작품을 읽어버리는 행위는 연주자의 자작곡 발표가 되어버린다. 베토벤의 <월광의 곡>이 아닌 출처를 알 수 없는 연주자의 자작곡을 연주하는 일이 된다.

들은 바에 따르면 일본에도 이런 오류를 범하는 연주자가 상당히 많은 듯하다. 또한 세상에서도 이런 빈약한 연주자를 상당히 치켜세워주고 있다. 내가 들은 대부분의 연주자들은 모두 이런 부류에 속한다. 원래 타인의 작곡을 연주자 자신의 사정에 맞게 개작해서 연주하는 것은 연주자에게 있어 아주 쉬운 일이다. 원작의 불분명한 점이나 까다로운 부분이 있다고 해도 연주자 자신의 형편에 맞게 개작해버리면 별로 연습을 하지 않아도 문제가 안 되기 때문이다. 그에 반해 끝까지 원작의 의의를 밝혀 원작의 음표나 구절법을 표현하려고 하면 작자의 전기와 작곡의 동기 외에도 연주자의 감상 등을 충분히 고려해야만 한다. 음표나 구절법에 있어서도 자신의 의지대로가 아닌 원작대로 연습하는 일은 상당히 어려운 일이다.

연주자는 원작의 정서를 음표와 구절법을 통해 느낀다. 악곡은 작자의 시이면서도 연속적인 음표의 구절법을 통해 작자의 정서를 가장 잘 표현하고 있다. 만약 어떤 연주자가 원작의 기분을 충분히 느끼지 못한다면 그 연주자는 곡의 연습이 아직 부족하다는 증거이다. 음악회에서 연주자의 태도를 보고 있을 때 왠지 안절부절못하고 침착하지 못한 것은 아직 그 프로그램의 곡을 충분히 연습하지 않았다는 표시이다.

악곡을 연주하는데 있어 원작자의 정서를 충분히 표현하려고 한다면 악기를 통해 좋은 소리를 내는 일은 아주 중요하다. 어떤 악기를 불문하고 연주자가 고심하는데 따라 달라지는 소리도 있다. 둥글고 부드럽게 부풀어 있는 소리를 내는 일은 쉬운 일이 아니다. 이런 좋은 소리를 낸다는 것은 연주자의 표면에 나타나는 뛰어난 기능이다. 즉 정이 깃든 소리를 내면 괜찮다는 말이다. 만약 이러한 정이 깃든 소리를 내지 못하는 연주자는 연습이 부족한 미숙한 연주자라 평해도 당연하다. 연주하는 일이 단지 악기를 통해 소리를 내는 것에 불과하다면 기계적인 음악가가 되어버리고 일부러 인간의 힘을 빌리지 않아도 충분하다.

즉 연주자의 태도는 원작의 진의를 가장 잘 표현하는 일에 있다. 손가락과 발로하는 연주가 아닌 연주자의 혼신의 힘을 다해야 한다. 진지하게 임해야하며 절대 장난 섞인 연주를 해서는 안 된다. 음표 하나하나를 무의미하게 다루지 말고 자신의 지갑에서 돈을 꺼내는 것처럼 신중에 신중을 기해야 한다.

그러나 세상은 형편없는 악기 연주를 하고 있다. 특히 학교 음악교사는 학생들 앞에서 정신을 집중하지 않고 가볍고 빠르게 대충 연주한다. 조금만이라도 소리를 소중하게 다루면 어떨까? 음악과가 다른 지식 학과목보다 가볍게 여겨지는 이유는 음악교사의 이런 부주의함에도 책임이 있다고 생각한다. 음악에 종사하고 있는 인사들이 모두 소리 하나하나에 혼신의 힘을 다한다면 음악이 중요하다는 사실을 세상 사람들에게 알릴 수 있을 뿐만 아니라 음악을 가지고 장난치는 일도 줄어들 것이다. 음악은 소리를 소중하게 다루는 일부터 시작하지 않으면 건실한 발달을 기대할 수 없다.

* 石川義一,「音樂演奏者の態度」,『朝鮮及滿洲』, 1924年 7月.

음악의 감상과 아악을 기초로 한
일본음악의 부활

다케이 모리시게(武井守成)[3]

일반적으로 음악이라고 해도 그 분야가 너무 넓다는 사실은 이미 잘 알고 계실 것입니다. 그래서 나는 지금 주로 서양음악에 대해 이야기하고, 이 서양음악을 일본에서 감상하는 문제에 관한 이야기를 해보려고 합니다. 일본음악을 항상 듣고 있는 사람이라면 조금 이상한 느낌도 들 것입니다. 그래서 음악을 이해하는건지 또는 못하는 건지와 같은 질문을 받을 때마다 나는 음악을 듣고 지

---

3) 다케이 모리시게(武井守成)(1890.10.11-1949.12.14): 궁내성 악부장(宮內省樂部長), 작곡가, 지휘자.

루하다고 생각하는지 아니면 재미있다고 생각하는지를 묻습니다. 그러면 정말 재미있고 유쾌하다고는 하는데 그래도 잘 모르겠다고 합니다. 그럴 때마다 나는 말합니다. 그것이 당신이 음악을 이해한다는 증거입니다 라고. 단지 재미있다고 느끼는 것이 음악을 이해하는 데 아주 중요한 조건입니다.

음악을 이해하는데 이론적인 내용을 모르기 때문에 음악을 이해하지 못하는 것이라고 생각하는 사람도 있을 테지만, 결코 그렇지 않습니다. 물론 음악을 이해하는 점에서 내용을 이론적으로 모른다고 하는 것은 다소 이해의 깊이와는 관계가 있을지 모르겠지만 결국 재미있다고 느끼는 일이 음악을 이해했다는 중요한 증거입니다. 여기에서 일본음악의 방법이 재미있다고 느끼면서 서양음악은 재미없고 모른다고 하는 이유는 음악의 성질이 다르기 때문입니다.

우선 일본음악은 노래하는 음악이고 소리에 의한 악곡보다도 오히려 가사에 따라 마음을 움직이는 노래입니다. 그래서 주로 정(情)을 다루고 있는데, 다시 말하면 이야기에 음악이 더해져 완성된 것입니다. 따라서 음악이라는 측면에서만 비판하면 가치가 적다고 할 수 있습니다. 일본의 음악에는 하나의 음만으로 완성된 음악은 없다고 해도 과언이 아닙니다. 이것이 일본음악과 서양음

160

악과의 차이이고 일본인이 서양음악을 이해하기 어려운 이유라고 생각합니다. 음악은 이론으로만 무장한 것이 아니라는 사실은 당연하지만 이를 전문적으로 연구하려면 규칙의 악전(樂典), 가성학, 혹은 작곡법 등 복잡한 학문 등이 있습니다. 그렇다고 해서 이것들을 전부 이해하지 않는다고 해서 음악을 모른다고는 할 수 없습니다. 음악을 듣고 재미있다고 느끼고 즐기는 일이 가능하다면 그걸로 충분히 음악을 감상한다고 할 수 있습니다.

또한 이론에 관해서 말하면 작곡을 하는 데 있어 충분한 지식이 있어야 한다는 점도 그렇지 않습니다. 가령 이론적 방면의 학문을 연구했다고 해도 그것만으로는 결코 훌륭한 작곡가라 할 수 없으며 따라서 훌륭한 작곡을 만들 수 있다고는 할 수 없습니다. 예를 들면 모차르트처럼 학문도 없고 공부를 하지 않고도 훌륭한 작곡가가 된 사람도 있습니다. 말할 필요도 없이 음악은 숭고한 예술이고 소리의 조합을 통해 감정을 이해하는 것으로 결코 설명을 필요로 하지 않습니다. 단 음악의 종류에 대한 이해일 경우에는 설명을 할 경우 이해가 빨라질 수는 있지만, 예술로서의 음악은 설명이 없다고 이해를 못하는 그런 성질의 것이 아닙니다. 단지 듣고 느끼는 것입니다. 자주 이런 이치를 잘못 생각하는 경우가 많은데 실제로 음악 감상은 이론을 이해하든 안하든 관계없다는 사실을 상기시켜 두고 싶습니다.

회화가 시대에 맞는 종류가 있는 것처럼 음악 또한 고전, 근대 또는 미래라고 하는 종류가 있습니다. 그중에는 조금 이해하기 어렵고 즐기기 어려운 음악도 있지만 모든 음악은 설명이 필요하기보다는 많이 듣고 납득하려고 해야 합니다. 원래 일본인의 사상은 애국에 대한 생각이 왕성하지만 그 한 면에서는 굉장히 재미있는 국민성의 발로가 나타납니다. 우리는 일본 것보다 외래품을 더 좋아하는 습관이 있습니다. 같은 물건에 같은 가치가 있더라도 일본 물건보다 외래품을 귀하게 여기는 모습은 다양한 측면에서 볼 수 있습니다. 그 영향이 일본 물건을 비하하여 결국은 일본 물건의 발전을 저지하게 된다는 것은 자명 한 사실입니다. 그 습관이 음악에도 영향을 끼쳐 예를 들면 음악작품을 들을 경우 그것이 일본사람의 작곡이면 듣기 전부터 별거 아니라는 선입견을 가지고 듣는 경우가 많습니다. 이것은 아주 나쁜 버릇입니다. 가령 그것이 외래품에 멋지고 훌륭한 것이라고 해도 그 물건의 원료가 일본에서 수출된 것이고 원료를 가공해 다시 일본으로 수입한 상품이 있는 것처럼 길게 말할 필요도 없이 외국품을 귀하게 여기는 일은 자국의 것이 무엇인지를 분별하지 못하는 일과 같습니다. 또는 그 상품의 원료가 일본에서 수출된 것인지도 모르는 경우가 많습니다.

음악도 비슷한 경우가 있습니다. 예를 들면 하나의 작품에 서명된 이름이 외국인인 경우 굉장히 그 작품을 귀하게 여기는 반면 일본인 이름인 경우에는 대부분 다시 돌아보지 않습니다. 이러한 경향은 회화에서도 볼 수 있습니다. 서양을 동경한 결과 서양의 물건이라면 진귀하게 여기고 바로 눈앞에 좋은 물건이 있어도 그것을 감상하지 않을 뿐 만 아니라 전부 시시한 물건으로 취급해버리기 때문에 도저히 일본에서 좋은 작품이 만들어질 수 없는 것입니다. 이러한 한 예를 들자면 어떤 청년 작곡가가 열심히 작곡한 곡을 어떤 시기에 발표한 일이 있었습니다. 그 곡을 듣던 어떤 선배가 비평을 했는데 그 작곡은 외국의 어떤 작품의 일부와 비슷하다는 것입니다. 그래서 이 곡은 이미테이션이며 가치가 없는 곡이라고 비평했습니다. 하지만 청년 작곡가는 한 번도 선배가 말한 그 외국의 작곡을 들어본 적이 없었습니다. 그 후 청년 작곡가는 자신이 작곡을 할 때마다 항상 이번에도 또 자신이 만든 곡과 비슷한 외국인 곡이 있는 건 아닐까하고 고민하면서 자유롭게 작곡을 하지 못하게 되었다는 이야기가 있습니다. 이 이야기는 비평의 나쁜 영향이라고 할 수 있겠죠. 물론 비평하는 사람 마음이지만 만약 그 선배가 친절하고 신사적으로 비평했다면 결코 그 청년 작곡가를 주저하게 하여 끝내 어둠 속으로 떨어뜨리는 일은 없었을 것입니다.

하나 더 예를 들면 이 또한 어느 청년 작곡가 이야기인데 그 청년이 고심해서 작곡한 피아노곡을 어떤 자리에서 쳤는데 어떤 선배가 가만히 듣고 나서 한 번 더 들려주지 않겠냐고 간절히 부탁하여 청년 작곡가는 다시 한 번 그 곡을 쳤습니다. 그런데 다 듣고 난 선배는 일본인이 작곡한 것치고는 상당히 완성도가 높다며 어딘가 오리지널 즉 독창성이 떨어진다고 말했습니다. 물론 그 비평에 대해 청년 작곡가는 자신의 작품에 자신이 없었기 때문에 지당하신 말씀이라고 생각했습니다. 그런데 그 후 같은 선배가 같은 청년의 곡인 그때 그 곡을 듣고 이 곡은 상당히 훌륭한 곡이라고 말하며 갖은 찬사를 다 보냈습니다. 그때는 그 곡을 서양인이 작곡한 곡이라고 발표한 것이었습니다. 이때 청년 작곡가는 자신이 서명한 곡이 아무리 좋은 작품이라고 해도 반은 절감해서 듣는다는 사실에 어처구니가 없어 그다음부터는 자신의 이름은 쓰지 않고 서양인의 이름만 쓸 것이라고 다짐했다고 합니다. 이 두 가지 예를 보아도 일본인 눈은 음악에 대한 공평한 감상안을 가지고 있지 않다는 사실을 입증할 수 있습니다. 그렇기 때문에 앞으로 일본 악단에서 찬연한 빛을 발하게 하기 위해서는 모든 곡에 대해 공평하고 사심 없이 진정으로 작품을 음미하며 이상한 선입견 없이 감상하는 일이 장래 일본에서 훌륭한 작곡가를 배출하는 힘이 될 것입니다.

일본음악과 양악과의 우열을 가르는 일은 원래 양국의 음악이 근본적으로 다르기 때문에 이 두 나라를 나란히 두고 비평하는 것에는 무리가 있습니다. 일본음악은 가사가 중심을 이루고 있습니다. 거기에 곡이 어울려지는 것이지만 서양음악은 오페라에서도 노래가 음악의 중심이 아니기 때문에 노래를 몰라도 음악은 훌륭하게 이해할 수 있습니다. 이 점에서 관찰해 보면 일본음악은 단순하고 서양음악은 복잡한 것이라는 이야기가 됩니다. 그리고 우리나라 음악이 보다 경제적이고 유치하다고 생각할 수도 있습니다. 최근 서양음악이 거대하게 일본에서 발흥하고 있는 것은 단지 일시적인 유행 현상이 아니라 거기에는 서양음악이 가진 숭고하고 음악적인 가치에 비해 우리나라 음악의 가치가 떨어지는 데에서 기인합니다. 그래서 일본인이 우리나라 음악에서 만족하지 못하고 서양음악을 환영하는 경향이 있어 오늘날 서양음악의 전성기를 누리게 하는 원인을 제공한 것입니다.

그러면 우리나라 음악은 서양음악에 비해 아주 열등하냐 하면 절대 그렇지 않습니다. 동양의 음악에도 서양의 음악보다 훨씬 우월한 부분이 있습니다. 그것은 아악입니다. 현재 아악은 궁내성의 음악부와 조선의 이왕가 악부에만 남아있습니다. 이 둘은 일본인이 잊어서는 안 되는 것입니다. 동양의 고전악으로 우리나라처럼 단순한 음악이 아니며 오히려 서양음악보다 뛰어난 부분이 있습니다. 아악은 아주 복잡하지만 소리도 종합적으로 잘 다스리고 우리나라 음악과는 비교할 수 없을 정도로 섬세합니다. 그리고 서양의 훌륭한 음악과 비교해도 결코 손색이 없다는 것을 알아야만 합니다. 아악은 오래된 역사를 가지고 있고 그것이 전통적으로 전해지고 있어서 현재로서는 조금 이해하기 어려운 부분도 있습니다. 그래서 사람들이 비평을 바로 할 수는 없지만 그 전통을 이해할 때 아악의 가치는 커집니다. 우리나라도 서양음악도 모두 아악과는 아무런 관계도 없습니다. 그리고 전 세계에서 오래된 역사를 가진 아악은 음악으로서 굉장히 순수한 것입니다. 만약 새로운 일본의 음악을 건설하려고 한다면 그 신 일본음악은 반드시 아악을 기초로 하여 여기에 여러 가지 악기를 충분하게 발췌하고 개선해서 종합한 것이어야 합니다. 그리고 이 음악이야말로 새로운 일본의 큰 음악이 되어야 합니다. 이 건설은 큰 인물의 배출과 함께 이루어져야 하는데 이 큰 인물의 배출은 결코 공상으로 끝내서는 안 됩니다. 결국 가까운 장래에는 우리가 바라는 훌륭한 인물이 배출되어 하나의 큰 일본음악을 건설하리라는 것을 믿어 의심치 않습니다. 그리고 또한 그 큰 인물은 러시아에서 안드레예프가 바로아이카라는 백성이 가지고 있던 악기를 기초로 바로아이카 오케스트라를 만든 것처럼 음악의 새로운 기축을 만들 것임에 틀림없습니다. 바로아이카 오케스트라는 러시아 황실에 부속된 오케스트라로 민간에도 널리 알려졌습니다. 그리고 그 오케스트라는 유럽을 돌아다니며 세계에서 그 음악의 위대함을 인정받았습니다. 그 외에 이태리에서 신흥한 오케스트라가 두 개있는데 둘 다 성공해서 득의양양합니다.

현재 우리나라 음악의 발전을 위해서 큰 인물이 배출되기를 무엇보다 기다리고 있습니다. 그렇지 않으면 철저하게 새로운 길을 개척하는 일은 불가능합니다. 그러나 우리나라 음악 중에 장래에 새로운 음악의 기초가 될 수 있는 악기가 무엇인지 단정할 수는 없습니다. 그리고 이 점이 가장 고심해야 할 부분이기는 하지만, 큰 인물의 힘에 기대를 건다는 사실은 의심할 여지가 없습니다. 마지막으로 한 번 더 주의할 점은 음악의 이해를 위해서는 많이 듣는 일도 중요하지만, 무엇보다도 그 음악이 소리로 자신의 마음에 와 닿는 순간을 기다리는 자세가 필요합니다. 그것이 음악을 감상하는 가장 중요한 점이라고 생각합니다.

* 武井守成, 「音樂の翫賞と雅樂を基礎とした邦樂の復活」, 『朝鮮及滿洲』, 1926年 3月.

예술과 생활

— 경성일보 소재 「조선과 예술」 자매편

이노우에 구라이진(井上位人)

나는 전편에서 예술이 생활에 있어 뺄 수 없는 것이며 따라서 일상생활에 필요한 필수품으로서의 입장 — 을 예를 들어 증명해 왔다. 그리고 예술이 생활의 필수품으로서의 욕구를 느끼게 하는 점도 — 보다 더 형이상에서 인간생활에 고귀한 교양을 부여하고 힘과 미를 불러 인간이 인간다운 생활을 지속할 수 있게 하는 예에 대해 잠시 생각해 보고자 한다. 여기에서 우리들은 손에 닿고 눈에 보이지 않으면서 마음의 거문고 줄을 퉁기는 표현을 할 수 있는 예술적인 사명을 가진 것 중 하나로 음악을 말할 수 있다.

음악의 세계는 우리들에게 신비로운 정신의 양식을 제공한다.

바그너, 베토벤 또는 프리츠 크라이슬러, 아사 하이페츠, 미샤 엘먼 등의 두뇌에서 태어나고 그들의 구상에 의해 만들어진 음률이나, 또는 일본 고대의 깊은 맛이 느껴지는 가요 음악이 듣는 사람의 마음을 얼마나 고요하고 편안하면서 유쾌함에 도취하게 하고 또한 황폐해진 인간의 마음을 온화하게 하며 침체되기 쉬운 사회인의 영혼에 갱생의 활력을 솟아나게 하는지 모를 것이다. 이것이 바로 음악의 힘이다.

음악이 없는 사회는 등불 없는 집처럼 쓸쓸하고 어둡다. 인류는 이 어둠과 쓸쓸함을 아주 싫어하는 생물이다. 따라서 그들은 자연의 밝음이나 아름다움을 동경하며 웅대한 초원의 숲을 가로지르는 상쾌한 바람 소리에, 또는 백금처럼 반짝이는 큰 강이나 작은 하천의 여울에, 또는 장대한 심산과 같은 소리에 친밀함을 느끼고 대자연이 연주하는 교향곡에 마음을 빼앗긴다. 마음속 깊은 곳에서부터 기쁨에 떨며 자연의 소리를 — 그 매력과 장엄한 힘 — 아름다움이 넘치는 멜로디를 들으려고 한다. 여기에서 명곡이 태어나는 것이다. 거기에서 자연에 대한 인간의 동경이 창조되어 나타나고 우리들 인류의 정신적 양식이 되는 것이다.

음악의 세계는 회화처럼 눈을 추구하는 세계가 아니다. 그러나 미술이 눈을 요구하는 것처럼 음악은 청각을 요구한다. 그리고 여기에서 직접 우리들 영혼의 중심을 습격하여 확실하고 정확하게 인간의 마음을 파악하고 정화시킨다. 이러한 힘은 음악이 아니고 는 얻을 수 없다. 음악이 위대한 예술성을 가지고 있다는 점을 생 각하게 한다. 이런 의미에서 보면 음악은 가장 고귀한 예술의 하 나라고 할 수 있을 것이다. 우리 동양인은 물처럼 맑은 가을의 밤, 또는 춘풍태탕(春風駘蕩)한 봄 저녁에 밝은 달을 뚫고 울려 퍼지는 동양음악을 대표하는 저 고답한 거문고 소리에 또는 퉁소의 고상 하고 품격 있는 음률에 무아경에 빠지고 마음과 영혼의 정화를 느 낀다. 그리고 시적인 정조에 빠지면서 마음의 소생을 느낄 수 있 다. 또한 고상하고 품격 있는 피아노 소리, 바이올린의 경쾌함과 장중함의 교향곡을 하늘에 바칠 때 인류의 정신은 보다 높고 품위 있는 세계로 인도될 것이라고 생각한다. 이러한 아름다움과 정신 적 멜로디가 인간에게 미와 용약(勇躍)의 원천을 부여한다. 여기에 서 나는 음악이 인류생활과 가장 깊은 관계가 있는 예술임을 느끼 게 된다.

우리들은 음악과 더불어 귀중한 예술로서의 — 문학 — 미술 — 조각을 생각해야 한다. 이것들 모두 생활과 밀접한 관계를 가 지고 인류의 생존에 있어 필요한 큰 힘을 부여한다. 예를 들면 어 느 한 문호의 저작물은 사회제도 또는 사회사상을 변환하는 큰 원

동력이 되며, 이러한 어느 한 문호의 예술에서 세계 인류의 사상 생활을 좌우하는 위대한 힘이 숨어있는 실 예를 볼 수 있다. 이러한 한 예로 문호 입센이 창작한『인형의 집』한 편이 — 주인공인 한 여성의 성격묘사가 전 세계 여성의 마음을 얼마나 움직이며 그녀들에게 여성해방 또는 여성의 자각 — 즉 오래전 전통에 의해 폭력을 마음대로 휘두르는 남성에 대한 여성의 자각 — 과 같은 힘을 일으킨다. 이는 계획한 일도 아닌데 인형의 집 주인공에게 암시되었던 것이다. 여성이 나아가야 할 새로운 길을 발견하며 노라의 행동에 공명한 여성이 얼마나 많이 생겨났던가 — 적어도 노라에 의해 직간접적으로 계발된 여성이 전 세계에서 상당한 힘을 가지고 여성의 정신생활에 큰 변동을 준 것은 사실이다. 최근 여성이 스스로 자각하여 종래와 같은 남성의 '인형'이 아닌 진정한 인간으로서의 품위를 파악한다 — 이러한 필요성을 여성의 마음에 심어준 것이 입센의 힘이고, 즉『인형의 집』을 창작한 결과가 그 커다란 동력이 되었다는 점은 두말할 필요도 없다. 이를 통해 우리는 문학이 직접적으로 생활 또는 사상을 움직인다는 사실을 깨닫게 된다.

우리나라에서도 요즘 폐창문제가 거두되고 중요한 사회문제의 논점이 되고 있다. 현대 일본 여성의 자각이 하나의 형태로 나타난 결과이며 (교풍회(嬌風會))가 수년전에 폐창의 봉화를 올렸다) 이는 우리나라의 공창! …… 즉 가엾은 여성들은 마치 사회제도 중 하나의 결점을 채워야 하는 것처럼 가련한 운명 아래서 생활고를 겪고 있다. 이 문제는 인도적으로 봐도 당연히 폐지해야 할 제도이고 또한 여성의 인격을 남성이 인정하고 그녀들에게 사람으로서의 대우와 권리를 부여해야 하는 것은 당연지사인데 우리 남성들로 인해 현안사안으로 남아있다. 이 문제에 대해 어떤 사람은 말한다— "만약 공창을 폐지하고 그녀들을 해방한다면 일반사회의 부녀자들에게 정조의 위기를 느끼게 할 것이다."라고 이 말은 일단 지당한 말처럼 들리지만 『오사카매일신문(大阪每日新聞)』은, — "자기 집에 도적이 들어올까 봐 이웃집을 개방해 두라고 하는 것과 같다." — 고 말한다. 이 말은 재치 있는 표현이다.

현재 폐창 가부만의 문제가 아니다. 자각한 여성은 하루라도 빨리 가련한 여성을 해방해야 한다. 폐창 실행을 도모해야 하고 폐창의 결과 일어날 일반 여성의 정조 문제는 여성 자신이 가지면 총명하게 될 일이고, 남자의 장난감이 아닌 자기 자신을 지킬 수 있는 자신과 각오를 가지고 여러 가지 문제를 극복하여 하늘이 준 여성으로서의 인격을 남성에게 인정하게 하는 일이 급선무다. 이렇게 하여 여성이 자신의 위치를 더욱 끌어올려야 하는 (물론 여성

172

은 여성답게 향상할 필요가 있다) 것과 동시에 남성도 여성들을 종래와 같은 "여자 — 아이"라고 하는 것과 같이 — 인형 — 으로 취급해온 구태의연한 사상을 버릴 필요가 있다. 이렇게 남성과 여성이 서로의 인격을 인정한 결과 비로소 진정으로 서로를 이해하는 아름다운 사회가 실현되며 더욱 진보된 사회가 형성될 것이라고 믿는다.

이처럼 사회에 중대한 문제 제기를 한 것은 예술 — 즉 문호 입센의 힘이 간접적으로 우리나라 사회제도를 변경할 수 있는 서광을 비춘 점에 주목할 필요가 있다. 우리는 입센이 우리들의 실생활에 큰 힘을 가지고 활약하고 있다는 사실을 기억해야만 한다.

이상의 한 예처럼 외국문학이 사회제도에 큰 획을 그린 경우는 적지 않다. 루소의 참회록이 프랑스 혁명의 큰 원인을 만들고 역사적으로 큰 '시대'의 선을 긋고 있는 일이나, 아메리카의 독립도 "자연으로 돌아가라"고 부르짖은 사회적 병의 근원을 꿰뚫어 본 예리한 한 마디에 의해 촉발된 것은 사실이다. 투르게네프는 니힐리스트의 큰 운동을 일으켰고 단테의 『신곡』은 사람들의 생활에 얼마나 큰 정신적 정화를 초래했던가. 또한 일본문학 『치카마츠 몬자에몽(近松門左衛門)』은 인정의 빠른 변화를 유감없이 그려내어 오래된 일본 민족의 미점을 보다 아름다운 형태로 생활 속으로 이

끌었다. 이 또한 위대한 힘이다. 조선 문학도 춘향전과 같은 이야기는 그 시대의 생활을 그려내고 당시의 인정과 정치의 한 면을 우리들 앞에 표현했기 때문에 소설을 통해 조선민족의 생활양식을 볼 수 있다. 그 외 북유럽의 거인 톨스토이의 작품이 러시아 사회제도에 큰 변동을 주고 존 골즈워디에 의해 영국의 감옥 규칙이 개정되었다. 이와 같은 예를 일일이 들지 않고 앞서 자세하게 설명한 경우만 봐도 예술이 생활과 떨어질 수 없을 정도로 깊은 관계에 있으며 예술이 인간생활을 지배하는 위대한 힘을 가지고 있다는 사실을 기억해야 한다.

현재 우리나라 문단의 정세도 국민 생활의 추이와 함께 정치에 보통선거가 시행된 것처럼 문단적으로도 기존의 부르주아 문학이 붕괴될 징조가 나타나 다가올 신흥문학은 중앙 가도의 아스팔트 위의 문학이 아닌 흙의 문학 — 흙과 인간의 피부가 통하는 문학이 지배하려고 한다. 쇼와 문단은 일본 작가 문단이고 모든 일본의 문예이다. (중앙 일부를 독점하는 문단은 아니다) 여기서 향토문학을 통해 처음으로 진정한 가치가 있는 위대한 문학이 태어날 것이라고 생각한다. — 이를 통해 쇼와 신일본이 나아가야 할 생활지표의 가치가 새롭게 부여되어 신흥문학의 책임과 사명이 주어질 것이다.

나는 이상과 같이 문학, 음악, 건축, 공예, 미술 등에 대해서 생
각해 왔지만, 앞으로는 더욱 미술, 조각에 대해서 깊게 고찰해야
겠다고 생각한다. 그러나 제한된 지면을 졸론으로 망칠 수는 없기
에 후일 원고를 새롭게 하여 이러한 예술에 대해 충분히 고찰하고
자 한다.

* 井上位人, 「芸術と生活-京城日報所載
「朝鮮と芸術」の姉妹編」, 『朝鮮及満洲』, 1927年 6月.

영화음악과 우리들의 사명

다나카 아사도리(田中朝鳥)

최근 음악이 눈에 띄게 보급되고 특히 활동사진의 반주음악이나 휴식 음악의 빠른 발달은 실로 놀랄만한 일입니다. 이것은 활동사진의 관객이 훌륭한 음악을 요구한 결과에 따른 것입니다.

영화음악의 목적은 독립된 연주와는 달리 영화 감상의 기분을 조장하는 일이 중요합니다. 따라서 곡을 선정하거나 연주를 할 때에도 충분히 고려해야 합니다.

예를 들면 현대 영화 중 해변 장면에는 '바다 새', 산속 장면에는 '산의 노래', 젊은 남녀가 사랑으로 고민할 때에는 <화원의 사랑(花園の戀)>4)과 같이 전자의 장면에서는 화려하고 유쾌한 분위

기를 후자의 장면에서는 조용하고 차분한 분위기를 조성해 장면의 전환을 가져올 수 있도록 해야 합니다.

지금까지 일본 영화에는 서양곡을 그대로 맞추어 사용하고 있었지만 서양인과 일본인은 어떤 곡의 멜로디에서 느끼는 감정이 다르기 때문에 장면과의 조화가 잘 이루어지지 않는 경우가 많았습니다. 그래서 나는 새로운 시도로 나카야마 신페이 씨가 작곡한 새 작품 고우타를 반주해보니 이 곡이 젊은 사람들 사이에서 호평을 얻어 당시 크게 유행했습니다.

요새는 시대영화의 반주에 일본음악과 서양음악 합주곡으로 기존의 일본음악을 사용하고 있지만, 이것은 조금 이상하다고 생각합니다. 해설자의 설명이 들리지 않는 경우가 종종 있습니다. 역시 일본영화에는 일본 고유의 민요나 속요, 동요를 오케스트라로 연주하는 일이 제일 좋다고 생각합니다. 경우에 따라서는 일본음악과 서양음악 합주로 이루어진 활기찬 반주도 필요하지만 영화의 기분을 내는 데에는 일본악기보다 서양악기가 훨씬 뛰어나고 특히 러브신 등에는 이 느낌이 강해집니다. 그래서 나는 기존의

---

4) 화원의 사랑(花園の戀):기타하라 하쿠슈(北原白秋)가 작사하고 나카야마 신페이(中山晋平)가 작곡한 곡으로, 1919년 1월 1일 도쿄 유락좌(有樂座)에서 상영된 오페라 <카르멘>의 극 중에 불렀던 노래이다.

분위기를 바꿔서 반주음악을 일본영화에 맞추도록 노력하고 또 하나는 민요와 동요를 널리 민중화할 수 있도록 각별히 주의를 기울이고 있습니다.

앞으로는 무엇보다도 세련된 연주자의 기량과 영화에 대한 이해가 필요하고 특히 설명자는 서로 기가 맞아 상호 제휴하여 영화의 기분을 조장해야만 합니다. 그리고 훌륭한 울림과 기품 있는 음률이 청중의 귀 속까지 부드럽게 스며들어 기분을 좋게 하여 자연과 관객의 마음가짐을 향상시킨다면, 음악이 가진 고차원적인 감정에 영양을 주는 큰 사명을 이룸과 동시에 우리들의 사명이 달성되는 일이기도 합니다.

나는 이러한 이상을 가지고 영화반주악의 선곡에 고심하며 연구와 노력을 이어갈 것입니다. 일반 관객의 음악에 대한 이해가 향상된 점은 매우 기쁜 일입니다. 하지만 아직 키네마 팬들 일부 중에 음악이 무엇인지 이해하지 못하는 사람들이 있다는 사실에 대해 늘 유감스럽게 생각합니다. 우리들이 미처 생각하지 못한 부분은 계속 지도편달 해주시기 바랍니다.

* 田中朝鳥, 「映畵音樂と私たちの使命」, 『朝鮮公論』, 1924年 9月.

식민지 조선의 음악계

초판 1쇄 발행 2015년 6월 26일

엮고 옮긴이 양지영

펴낸이 이대현
편집 권분옥 이소희 오정대 이태곤 문선희 박지인
디자인 이홍주 안혜진 | 마케팅 박태훈 안현진
펴낸곳 도서출판 역락 | 등록 303-2002-000014호(등록일 1999년 4월 19일)
주소 서울시 서초구 동광로46길 6-6(반포4동 577-25) 문창빌딩 2층(우137-807)
전화 02-3409-2058(영업부), 2060(편집부) | 팩시밀리 02-3409-2059
이메일 youkrack@hanmail.net
역락블로그 http://blog.naver.com/youkrack3888

ISBN 979-11-5686-203-1 03830
정 가 11,000원

* 이 도서의 국립중앙도서관 출판예정도서목록(CIP)은 서지정보유통지원시스템 홈페이지(http://seoji.nl.go.kr)와
  국가자료공동목록시스템(http://www.nl.go.kr/kolisnet)에서 이용하실 수 있습니다.(CIP제어번호: CIP2015017169)